Galileo envenenado

David Blanco Laserna

Galileo
envenenado

CÒD1L0
C1ƎNC1A

1.ª edición: mayo 2011

© del texto: David Blanco Laserna, 2011
© del diseño e ilustración: Puño, 2011
© Grupo Anaya, S. A., Madrid, 2011
Juan Ignacio Luca de Tena, 15. 28027 Madrid
www.anayainfantilyjuvenil.com
e-mail: anayainfantilyjuvenil@anaya.es

ISBN: 978-84-667-9297-4
Depósito legal: M-16124/2011
Impreso en Anzos, S. L.
Avda. Cervantes, 51
28942 Fuenlabrada (Madrid)

Las normas ortográficas seguidas son las
establecidas por la Real Academia
Española en la nueva *Ortografía de la lengua
española,* publicada en 2010.

Índice

CAPÍTULO PRIMERO. El joven del laúd 9

CAPÍTULO SEGUNDO. Lección de anatomía 22

CAPÍTULO TERCERO. Los tres lados del triángulo . . . 37

CAPÍTULO CUARTO. La mano de Galileo 43

CAPÍTULO QUINTO. Tres farsantes 55

CAPÍTULO SEXTO. La muerte acude a una fiesta . . . 62

CAPÍTULO SÉPTIMO. En el amor y en la guerra 74

CAPÍTULO OCTAVO. Galileo envenenado 81

CAPÍTULO NOVENO. Lo que nadie supo ver 91

APÉNDICE

PERO ¿A QUIÉN SE LE OCURRE? 107

    Galileo Galilei 107

GRANDES ÉXITOS DE GALILEO 113

    El experimento de la Torre Inclinada 113

    El anteojo 116

El verdadero rostro de la Luna   118
El tiempo en sus manos   120

EL ENEMIGO EN CASA   125
Los mensajes cifrados   125

¿TE ATREVES A...?   131
Repetir el experimento de la Torre Inclinada . . .   131

Para Raquel y Yango,
dos antídotos para los venenos

Capítulo primero

El joven del laúd

Aunque al hombre del tiempo le fastidie reconocerlo, hay tormentas que ni siquiera él puede prever. Existen feroces huracanes que dan sus primeros pasos en una tarde soleada, bajo un cielo despejado y en el más idílico de los escenarios. Por ejemplo, en el maravilloso jardín de Mateo Scarpaci, el rico comerciante de Pisa, donde ni las hormigas se preocupan de que puedan aplastarlas de un pisotón.

Sobre una de las galerías del patio, las enredaderas bordan un toldo de hojitas verde oscuro, como recién recortadas en papel charol. A la sombra, junto a un macetón canela donde duerme la siesta un pavo real, están sentados dos jóvenes: Caterina y Galileo. No les habléis ahora de crímenes sobrenaturales, ni les preguntéis por la venganza del alquimista o el asesinato del príncipe Lorenzino de Mantua. Todavía no saben nada. Sin embargo, la tempestad ya se ha puesto en marcha, y antes de que se den cuenta los encontraremos justo en el ojo del huracán.

Estamos en 1583. O al menos, ellos lo están.

El sol se siente inspirado en esa tarde de febrero y no se ahorra un solo color, del violeta al amarillo de Nápoles, para pintar sobre la sábana del cielo un espléndido atardecer. Ninguno de los dos jóvenes está de humor para apreciarlo. Galileo se cubre con una raída toga de universitario, donde las polillas se han dado banquetes inolvidables; en cuestión de manchas podría competir con la piel de una jirafa. Caterina luce un vestido de raso azul, con mangas de armiño, lleva el pelo adornado con hilos de seda y recogido en una redecilla de perlas.

Galileo tamborilea nervioso sobre la caja de un laúd, Caterina maltrata las esquinas de una cuartilla con la letra de una canción que arrasa entre los jóvenes florentinos: *Amor, condenado amor*. Ahora discuten acaloradamente.

* * *

—No te comprendo.

—¿Qué es lo que no comprendes?

El cuerpo de Galileo se contorsionó en una expresión muda, dando a entender que para él la respuesta era evidente.

—¿Qué? —insistió Caterina.

—¿Cómo que «qué»? Que me acabas de dar calabazas. ¿Qué te parece? Eso, aunque lo mires del revés, no tiene sentido.

—¿Debería tenerlo?

—Debería. Todo tiene un sentido. Desde la mudanza de las estrellas hasta el rebuzno de un asno.

Caterina parpadeó, sin saber si la estaban comparando con una estrella o insinuando que cantaba peor que una burra.

—Pues entonces lo tendrá.

—Pues mira, yo no se lo encuentro. A no ser que cambies de opinión...

—Pues no lo tendrá entonces.

Galileo cogió la mano de Caterina entre las suyas. Al contacto áspero de su piel, ella no pudo evitar un respingo: la tinta se agazapaba bajo las uñas del joven estudiante de medicina; en lugar de sortijas, los dedos se adornaban con manchas resistentes al jabón y con las mordeduras del ácido derramado en oscuros experimentos alquímicos. Para colmo, esas manos vendrían derechitas de diseccionar algún cadáver.

—¿Te das cuenta de lo que te ofrezco?

—Desde luego —Caterina no apartaba los ojos de la mano.

—¡No bromees!

—¡No lo hago! —la joven aprovechó el ímpetu de Galileo para soltarse.

Este cerró los puños y apretó las mandíbulas.

—¡Soy la persona más inteligente que hayas conocido nunca! —el orgullo se le escapaba silbando por las orejas, como si su cabeza fuera una tetera con dos pitorros.

—Y yo no te quiero.

—¡Eso es lo que no tiene sentido! Si lo pensaras...

—Es que no necesito pensarlo.

—Es obvio que no lo haces.

—¡No necesito pensarlo! Necesito sentirlo.

El pavo real asomó la cabeza y, en vista del panorama, corrió a esconderla de nuevo. Caterina suavizó el tono.

—Mira, Galileo. Eres el mejor de los amigos. Alguien importantísimo para mí...

—No sigas, no sigas —él se tapó los oídos—. ¿Quién quiere ser tu amigo? Amigos tengo a patadas. Y también enemigos. No me falta de nada. Te quiero a ti.

—De verdad que lo siento.

¿De verdad lo sentía? Lo que sentía él es que se subía por las enredaderas.

—¿Sabes qué te digo?

—No lo digas, anda —Caterina tragó saliva—. No va a sentarnos nada bien a ninguno de los dos.

Galileo no estaba de acuerdo. Así que soltó lo que pensaba.

Caterina suspiró.

La última frase había herido de muerte la conversación. Galileo agarró el laúd por la panza y se marchó. En ese momento hubiera dado la vida por un buen portazo que estremeciera los tres pisos de la residencia Scarpaci, pero en el jardín no había puertas. Se tuvo que conformar con atizarle un porrazo a una enredadera. La planta tenía espinas para regalar. Galileo se las llevó puestas.

—¡Ay!

Y desapareció calle abajo chupándose el dedo.

El joven que arremetió contra la multitud que desbordaba la *Piazza di Porci* era una caldera humeante, donde se hubieran podido hervir tres manzanas, una zanahoria, un manojo de apios, una hojita de laurel y hasta un jabalí. A falta de tantos ingredientes, lo que le hervía era la sangre. El corazón le latía al ritmo de los tambores de guerra de los apaches. ¿Qué más daba? Llamaban a un combate que ya había perdido.

Caterina no le quería.

A los diecinueve años, Galileo Galilei sentía que había tocado fondo. Como un pescador de la Polinesia, se había comprometido en un vertiginoso descenso tras el imán de una perla negra. Pero antes de atraparla, la concha se había cerrado a traición, pellizcándole los dedos, y no sabía cómo soltarse y volver a la superficie. Se ahogaba. Acostumbrado a salirse con la suya, ahora no sabía dónde meter su frustración.

Galileo era un joven escandaloso, simpático, fanfarrón y tan brillante que eclipsaba el sol de cualquier otra personalidad. Allí donde te lo encontraras, en el taller de un tapicero de botones o comiendo pistachos bajo la estatua del gran duque Cosimo I, llamaba la atención. Su principal defecto era que no sabía mantener la boca cerrada. Su perspicacia era un bisturí con el que practicaba a todas horas y que tarde o temprano acababa incrustado en el orgullo de alguien. Sus compañeros de universidad lo apodaban el Pendenciero y al mismo tiempo se rendían a su inteligencia, a su capacidad para apreciar verdades que otros pasaban por alto o para acribillar a los profesores con preguntas que siempre daban en el blanco de lo que no sabían.

Tan convencido estaba de su talento que su futuro le traía al fresco, dividido entre las razones de su padre (que le había obligado a estudiar medicina) y las suyas propias: el dibujo, la música y una excéntrica afición por las matemáticas, que cultivaba en secreto.

Si de algo no le cabía duda, era de que Caterina y él formaban la pareja ideal, como la nata y el chocolate, la carne picada y los espaguetis, un pie y su calcetín. Ella apreciaba su humor y pasaba por alto sus impertinencias, cuando no lo ponía en su sitio con una réplica más mordaz todavía. Camino de la residencia de los Scarpaci, el mundo entero se había contagiado de su amor por la joven. A su alrededor todo eran buenos augurios: el martilleo alegre de los artesanos, los aromas familiares que escapaban de las casas, el alboroto de los niños y la animación de los puestos callejeros. Si ella se hubiera echado en sus brazos para responderle que sí, Pisa se habría convertido en un madrigal, un cuadro de Leonardo, un teorema de Arquímedes... Pero después de su negativa, Pisa le parecía un ladrido de perro, un excremento de gallina, un galimatías sin sentido. ¿Cómo no había sabido interpretar las señales que a cada paso lo advertían de la catástrofe?: el estrépito grosero de los artesanos, las pestilencias que exhalaban las casas, el griterío de los niños y el chalaneo infame de los puestos callejeros.

Al pasar frente a la taberna del Flaco, Galileo frenó en seco: supo que había llegado a su destino. Sobre la puerta, colgada de una escuadra de hierro oxidado, se balanceaba una chapa de madera con la imagen de un ganso tétrico, que parecía recién salido de una bañera de aguarrás.

Daba la impresión de que todas las tablas de aquel tugurio se mantenían juntas gracias a la mugre, que hacía de pegamento. Por suerte, las fumaradas de las pipas y el hollín del fogón tejían una niebla impenetrable que velaba los detalles: los churretes que engrasaban los bancos, las idas y venidas de las ratas, y un gato con moquillo que arrastraba entre las telarañas su piel de felpudo gastado.

Veinte pares de ojos —incluyendo los de un par de tuertos— siguieron al joven estudiante hasta la barra donde pidió un jarro de vino. Nada más verlo entrar con el laúd colgado a la espalda y la flecha de Cupido atravesada en el corazón, y al oír el tintineo de las monedas en la bolsita que llevaba atada al cinto, el júbilo entre la clientela del Flaco fue unánime; en su fuero interno cada uno eligió la palabra que le hizo más gracia, pero todas tenían el mismo significado: el caprichoso destino les estaba sirviendo en bandeja a un verdadero primo. (O si lo preferís, a un pringado, un panoli, un guillote, un panarra).

Y veinte pares de manos —incluyendo las de un par de mancos— se frotaron cuando Galileo carraspeó antes de preguntar si podía incorporarse a una partida, donde tres ladrones, Moscardone, Scarabocchio y Gattamorta, se robaban los cuartos unos a otros.

Le hicieron sitio en la mesa con gran ceremonia. Se cortó el mazo y se repartieron las cartas; dos por barba. Jugaban a la *primiera*, una especie de tute a la italiana. Galileo depositó sobre la mesa desportillada una lira reluciente, desnuda frente al resto de las monedas, que se cubrían pudorosamente con una capa de roña.

Así, arrancó la partida más memorable jamás disputada sobre los tapetes harapientos de la taberna del Flaco.

¿Conocéis el dicho: «Desafortunado en amores, afortunado en el juego»? Pues quizá nació aquella tarde en la ciudad de Pisa. Ante un público rendido de truhanes, Galileo ganaba una baza tras otra como un plusmarquista saltando vallas.

La victoria se le subió a la cabeza antes que el vinazo de Bardolino. El juego le ofrecía una salida a su orgullo herido, aunque fuera por la puerta de atrás.

—¡Toma! Lo veo y lo doblo. *Fluxus* de cuatro reyes. Gano otra vez. ¡Ja!

Moscardone, Scarabocchio y Gattamorta observaron el despliegue de figuras sobre el tapete como si fueran caricaturas que los ridiculizaban. A sus espaldas, un coro de risitas servía de eco a las risotadas del joven del laúd.

Galileo debía de considerar que el ambiente no se hallaba suficientemente cargado:

—Menudos paquetes estáis hechos. ¡No deberían dejar que os acercarais a una baraja!

—Cie-rra-el-pi-co —Moscardone pasó las cinco sílabas por la picadora de sus muelas rotas.

Cada vez que Galileo ligaba una pareja de ases, sumaba un trío de resentidos.

—Ni haciendo trampas me ganáis, ¿eh, so mantas?

—¿TRAMPAS?

—¿MANTAS?

De nuevo el joven desatendió las señales de peligro: la vena que latía desbocada en la sien de Gattamorta, el rechinar de dientes de Scarabocchio, un rictus que desfiguraba la boca de por sí repulsiva de Moscardone... De un manotazo, le tiró las cartas a Gattamorta sobre la mesa. De la manga cayeron dos o tres naipes de propina. Galileo recogió un *fante di bastoni* (la sota de bastos) y mostró triunfante el envés.

—Las habéis marcado de un modo tan chapucero que en todo momento sé las cartas que os tocan.

Una bomba de silencio hizo saltar por los aires los susurros y cuchicheos. La tensión se podía cortar con un cuchillo. Y había más de una veintena de cuchillos escondidos en la taberna.

—¿NOS ESTÁS LLAMANDO TRAMPOSOS?

—Para nada. Os estoy llamando idiotas. Bueno, qué... ¿otra partidita?

Galileo devolvió la sota a la baraja.

Gattamorta se descolgó una daga del pecho.

Moscardone, un escoplo de carpintero.

Scarabocchio rompió una botella contra el tablero de la mesa.

—¿Ahora quién es el tonto? —al reírse, a Gattamorta le bailaron en la boca todos los dientes (no más de cinco).

La expresión de Galileo era un cuadro. Ofrecía de todo: desconcierto, alarma, indignación, pánico...

—¡Voy desarmado y sois tres contra uno! —les echó en cara.

—Mira el «espabilao», qué bien le salen las cuentas...

Sin tocar el dinero sobre la mesa, Galileo se levantó y trató de ganar la puerta. Gattamorta y Móccola, su herrumbrosa daga de cuatro filos, le cortaron el paso.

—¿Adónde vas con tanta prisa, floripondio?

El joven probó a cambiar de táctica.

—¿Es por el dinero? Para vosotros. Si yo solo jugaba por divertirme... Os invito a una ronda.

«A buenas horas, mangas verdes», leyó en los ojos bizcos de Moscardone.

—¿Dos rondas? ¿Tres? Anda, venga. ¿Mejor una barra libre?

—No te quepa duda de que ese dinero acabará en nuestros bolsillos, niñato...

—Entonces estamos de acuerdo.

—... Después de haberte rajado la barriga...

—Hombre, vamos a ver, ahí ya no estamos tan de acuerdo...

—... Y coserte a puñaladas.

Galileo reculó:

—Eh... Suena genial, el plan. En serio, me encantaría quedarme, pero se me ha hecho un pelín tarde... Seguro que...

Gattamorta le tiró una estocada al estómago.

Fue uno de esos momentos en los que se altera nuestra percepción del paso del tiempo. Cada segundo se fue alargando, hasta adoptar el ritmo pausado de las horas. Galileo vio el relámpago del acero que buscaba su cuerpo y entonces reparó en dos figuras que se levantaban, al fondo. Las reconoció. Habían permanecido apartadas durante la partida, enfrascadas en sus propios asuntos. El juego y la distancia le habían impedido atender a su conversación, pero le había llamado la atención la actitud de ambos. El mayor, un hombre de mediana edad, imponía su autoridad con gracia y naturalidad. El más joven, de la edad de Galileo, intervenía rara vez para protestar acaloradamente, sin salirse nunca de los estrictos límites del respeto.

Dos aceros se cruzaron con estrépito frente al ombligo de Galileo: un estoque cortaba el paso a la daga de Gattamorta. Los desconocidos, sentados, disimulaban su formidable estatura; ahora levantaban una barrera impenetrable para proteger al imprudente jugador.

—No os metáis donde no os llaman —acertó a decir Scarabocchio, no menos sorprendido que Galileo.

—Perdonad la intromisión —dijo el mayor, que empuñaba el estoque—, pero estabais atacando a un bocazas desarmado. Y antes de tocarle un solo pelo, tendréis que pasar por encima de mi cadáver.

—Si insistís...

Gattamorta lanzó una segunda estocada. Esta vez su contrincante ni se molestó en pararla. El desconocido se hizo a un lado, agarró al ladrón por el pescuezo y aprovechó el impulso de su arremetida para estrellarlo contra la pared. La daga saltó en un recoveco de sombras, donde se oyó un quejido ahogado. Mientras, el joven, tras desarmar a Scarabocchio de un guantazo, asió a Moscardone por la camisa y lo levantó como si fuera una almohada de plumas. Lo paseó por la taberna en vilo, desafiando a los veinte pares de ojos que asistían embobados a su exhibición de fuerza. Ni el Flaco se atrevió a susurrar esta boca es mía. El gigante descargó a Moscardone sobre la barra como si entregara un saco de patatas.

—Llevaos el dinero y desapareced de mi vista —exclamó el mayor, dando una patada a la mesa y derramando una cascada de naipes y monedas.

Los tres obedecieron precipitadamente, sobre todo porque el público, ni corto ni perezoso, ya se apresuraba a recoger las monedas por su cuenta.

El joven del laúd salió como había entrado, convertido en el blanco de todas las miradas, aunque esta vez con escolta. Los parroquianos a punto estuvieron de despedirlo con una ovación. El «primo» les había regalado una noche de primera.

Al frescor de la calle, Galileo tuvo que apoyarse en una pared para no desmayarse. Al fondo se adivinaban las lonas de las embarcaciones que cabeceaban sobre el Arno, arriba y abajo, como si el río se desbocara en un maremoto. En realidad, toda la ciudad se columpiaba en la mente de Galileo por culpa del vino.

—Gracias. Me habéis salvado la vida —balbuceó conmovido.

—¡Tú lo has dicho! —asintió el joven.

—No te lo tomes a mal —dijo el mayor—, pero ¿es que todavía no has aprendido cuándo te conviene mantener la boca cerrada?

—¿Ni a elegir mejor a tus compañeros de juego? —añadió el otro.

Galileo apenas los escuchaba. La marea alta de la adrenalina se batía en retirada, dejando un vacío que le cortaba la respiración.

—Caterina...

Los dos gigantes intercambiaron una mirada.

—Caterina no me quiere —anunció Galileo al borde de las lágrimas.

—A nosotros tampoco —el gigante de más edad le guiñó un ojo—. Lloremos juntos, pero mejor en otra taberna donde no agüen tanto el vino: el clarete de este Flaco se pasaba de clarísimo. Allí nos contarás tu versión de la historia más vieja y trillada del mundo.

—¿Cuál es, tío? —preguntó el joven.

—Suelen titularla CALABAZAS.

—¿Es una comedia?

—Para quienes la escuchan, desde luego. A quien la cuenta, le parece la peor de las tragedias.

—¿Y termina bien?

—Solo para los espectadores.

Capítulo segundo

Lección de anatomía

Aunque Galileo estaba convencido de que el mundo se había acabado, para su sorpresa, llegó el día siguiente. Lo despertó una sed que no hubiera logrado calmar ni después de beberse el río Arno.

A primera hora de la mañana, buscó el consuelo de la persona que conocía más a fondo, más que a su madre, a su abuela o a sus hermanas. A ella podía largarle sus penas sin miedo a que se impacientara. La *signora* Spilorcia sabía escuchar. Ella le dedicaría todo el tiempo del mundo. Una eternidad, si se ponía pesado, ella...

Estaba muerta.

A cada alumno de segundo le correspondía diseccionar un cadáver en clase de anatomía. El de la *signora* Spilorcia había llegado directamente a manos de Galileo después de que la mujer confundiera un frasco de matarratas con el tarro de las especies. Le había encontrado un gustillo curioso a la sopa juliana. Eso había sido todo.

Aquel año, los alumnos de medicina estrenaban el nuevo teatro anatómico inaugurado con todos los honores por Francisco I, gran duque de la Toscana, durante los festejos de la pasada Navidad. En un anfiteatro de madera se repartían las bancadas en círculos, alojando las mesas de disección donde los estudiantes trataban de reproducir las operaciones que ejecutaba el profesor, maese Fegatini, sobre el estrado central. Desde lo alto se veía como un tétrico sistema solar donde los planetas eran los cadáveres, con su corte de cometas y asteroides en forma de huesos, vísceras y encéfalos flotando en garrafas de formol, básculas, modelos en yeso y láminas de cirujano.

A Galileo le dolía tanto la cabeza que no le hubiera importado intercambiar su papel con el de la *signora* Spilorcia. El resto del cuerpo le atormentaba como si fuera de palo y lo estuviera devorando la carcoma. Recordaba infinidad de detalles de la noche anterior, pero en el desorden de un puzle sin armar; el joven sostenía una sola pieza en la mano, sin saber todavía dónde colocarla: «Caterina no me quiere». Bueno, lo quería como amigo. Que valía lo mismo que si lo quisiera de pisapapeles o de matasuegras. En el curso anterior, maese Sbadato, que se las daba de chistoso, había aprovechado su clase magistral sobre «Venenos que hacen infelices a los hombres» para ilustrarlos acerca del suplicio de la resaca. Si no había mentido, en cuestión de horas amainaría la crudeza de los peores síntomas. Pero los manuales de medicina no resolvían nada acerca de su profunda desolación amorosa.

Por supuesto, el día antes, Galileo había presumido delante de toda la clase de su inminente compromiso con la dama más hermosa de la Toscana, y no había podido evitar burlarse de las novias de los demás, calificándolas de mandriles antiestéticos. En aquel momento, su aspecto lamentable señalaba la hora de una multitudinaria venganza. Sentía en la nuca un cosquilleo de miradas furtivas y un ir y venir de risas ahogadas. Desde que llegó tarde, sus compañeros estaban más pendientes del tañido de la torre del Campano, que marcaría el final de la clase, que de las monótonas carnicerías de maese Fegatini.

Como ayudante del hospital de Santa Chiara, Ugolino Manfredi disfrutaba del privilegio de saltarse la espera de los estudiantes.

—Sois peor que un ave carroñera —se quejó Galileo, en cuanto percibió a su espalda el característico olor a mandarinas agrias que delataba su presencia.

—¿Qué os pasa, señor Galileo? —preguntó Ugolino con la boca torcida: para él, aquello era una sonrisa—. ¿Hoy os sentís como carroña?

Ugolino parecía un cadáver que se hubiera escapado de la mesa de disección. Su piel amarillenta se tensaba sobre un andamiaje de huesos torcidos y afilados. Enterraba su cuerpo de momia escuálida en el hábito áspero de los capuchinos, aunque nadie sabía si había recibido las órdenes: su vida entera se desvanecía en una niebla de misterio, sin pasado, familiares ni amigos conocidos.

Su ingreso en Santa Chiara desafiaba la memoria de las monjas más veteranas. Formaba parte del hospital como sus cimientos, como las sábanas blancas y la sombra que arrojaban los eucaliptos del patio sobre las tapias color limón. Corría el rumor de que había entrado a través de la compuerta giratoria del convento, donde abandonaban a los recién nacidos. Fuera o no una leyenda, su eficacia lo había vuelto imprescindible. No temía contagiarse, ni retrocedía ante nada. Asistía al cirujano en las operaciones, al forense en las autopsias, administraba los fármacos dictados por los médicos y se deshacía de los cuerpos cuando ya se había hecho todo lo posible por sus almas. Maese Fegatini se lo había traído a la universidad para que lo ayudara en la cátedra de cirugía.

Era un secreto a voces que ganaba una fortuna componiendo filtros amorosos y bebedizos; que traficaba con el pelo, las uñas y los dientes de los muertos para fabricar amuletos de la buena suerte; que robaba los huesos para confeccionar falsos relicarios. Una vez, en el transcurso de una de sus prácticas en el hospital, Galileo lo había sorprendido acariciando el anillo de oro de un moribundo. Lo que más molestaba al estudiante, sin embargo, era el descaro de Ugolino para aprovecharse de los supersticiosos.

—¿Qué nueva canallada andáis tramando? —le preguntó Galileo.

—Decídmelo vos, señor —sonrió Ugolino con su bostezo de calavera—. Ninguna.

—¿Acaso soñabais con verme aquí tumbado? —Galileo acarició el canto de la mesa de disección.

—Solo para estirar las piernas, señor, por que descansarais de las fatigas de este mundo...

—Y descargarme, de paso, del peso de algunas joyas.

—¿Qué joyas, señor? Si no tenéis ni para dar de comer a vuestros piojos... Si me permitís una observación, deberíais apretar con más suavidad esa arteria coronaria. El corazón es un órgano delicado, que sufre ante el menor castigo. Aunque algo me dice que ya lo habéis experimentado en vuestras propias carnes.

Antes de que Galileo tuviera tiempo de descargar una réplica envenenada, una voz estampó su nombre en el aire con un latigazo:

—¿GALILEO GALILEI?

Todos volvieron la cabeza hacia el recién llegado, hasta los pastores que adoraban al niño Jesús en un fresco que decoraba la pared norte del teatro. En la mente de Galileo, un centenar de piezas del puzle volaron a encajar unas con otras, hasta componer la figura del joven gigante que había conocido la noche anterior.

Valerio Gonfiori estaba acostumbrado al vasallaje que imponía su arrolladora presencia. Ahora ninguna capa ocultaba sus magníficas ropas. Hubiera podido pasar por una estatua mitológica, bajada del pedestal para pasear su majestad de mármol entre monigotes de carne y hueso. Las pupilas, de un azul tan difuminado que recordaban los ojos inertes de los ciegos, acentuaban su aire de escultura.

Sus piernas de Goliat conmovieron la estructura del anfiteatro, arrancándole a la madera el quejido de un galeón que se va a pique. Ugolino le cedió el sitio en el acto, temiendo que un pisotón de Valerio le enterrara los pies bajo el suelo. Quedó, eso sí, a un tiro de canica, para no perder ripio de lo que se dijeran.

—¿Galileo?

—Para servirte, amigo mío.

—Me alegra oírlo. Y acepto tu ofrecimiento. Deja lo que tengas entre manos y acompáñame.

Galileo carraspeó. Lo que tenía entre manos era el maltrecho corazón de la *signora* Spilorcia. Lo devolvió con mimo a su dueña, se lavó las manos apresuradamente y corrió detrás del gigante que estremecía ya la última grada. Los demás estudiantes echaron sapos y culebras, viendo cómo se escapaba delante de sus narices.

—¿Cómo me has encontrado?

—Igual que se llega a Roma: preguntando.

—¿Vamos a apagar un incendio?

—Vamos a salvar la vida del hombre que ayer salvó la tuya.

—¿La de tu tío? ¿Qué le ha pasado?

—Espero que sepas decírnoslo tú. Anoche, cuando nos despedimos, estaba sano como una manzana y esta mañana ha amanecido como si la manzana se la hubieran comido los gusanos. Hemos llamado de urgencia al médico...

—¿Qué os ha dicho?

—Lo ha dejado en manos de un sacerdote.

—¿Y ahora me lo pasas a mí? Solo soy un estudiante. ¡Y de segundo! Todos los pacientes me los sirven ya fríos.

—Si mal no recuerdo, también eres el hombre más inteligente del planeta. Estoy bastante seguro de ello, ¡porque anoche lo repetiste unas quinientas veces! Pues aquí tienes una ocasión que ni pintada para lucirte.

Galileo lamentó, por enésima vez, la ligereza de su lengua.

—Quizá exageré. Un poco. Estaba borracho, además. Pero sé lo bastante como para saber lo que no sé. Y también para saber quién sí lo sabe: el hombre que estás buscando se llama maese Arnesi.

—No tengo el gusto.

—Ficcanaso Arnesi. Una auténtica eminencia. Autor del célebre tratado *Flematum Persistorum*. La diosa fortuna ha querido que esté de visita en nuestra universidad.

Valerio frenó el ritmo de sus zancadas, impresionado.

—¿Sabrá curar a mi tío?

—¡Cómo no! Curó de tisis al embajador de Nápoles y borró el estigma de la lepra de los pies del prior de los dominicos. Hasta el papa Gregorio XIII recurrió a él para que sanara a sus perritos con paperas. Algunos sospechan si no será la reencarnación del mismísimo Hipócrates.

—¿Cómo? ¿De un hipócrita?

—HIPÓCRATES. El padre de la medicina moderna.

—¡Vamos! —Valerio recuperó el brío de sus pasos—. ¿Dónde está? ¿En la mesa de operaciones?

—Yo apostaría más bien por la biblioteca.

Al atravesar los arcos anaranjados del patio, Galileo y Valerio dejaron atrás sus sombras, incapaces de seguir su ritmo endiablado.

La biblioteca ocupaba una sala modesta en la planta alta del *Palazzo della Sapienza*. Parecía una cámara para conciertos amortiguados, donde los pasos afónicos y el crujir de los pergaminos acompañaban el estribillo de las goteras en invierno y, en verano, el chillido de las gaviotas.

Un laberinto de estanterías los envolvió con su ropaje de libros viejos. Un dedo de luz que caía desde una luminaria alta señalaba el escritorio de Ficcanaso Arnesi. Allí, los rayos del sol sacaban brillo a los tirabuzones de una barba y una melena espléndidas. La frente de Arnesi mantenía en penumbra sus ojos, que producían la impresión de haberse extraviado en el pozo de algún misterio. Un gorrito verde botella protegía de las corrientes de aire aquel cráneo privilegiado que atesoraba la sabiduría de Oriente y Occidente.

Valerio asintió satisfecho. En el peor de los casos, aquel hombre sabría resucitar a un muerto.

—Señor, mis respetos —dijo con una inclinación de cabeza—. Venimos a llevaros junto a la cama de un enfermo. Se trata del duque de Pizzi. Mi familia sabrá recompensaros espléndidamente.

—¿De verdad? —Ficcanaso ni siquiera apartó la vista del manuscrito que estudiaba. Se paseó la lengua entre las muelas, como si le costara desprenderse de un resto de comida rebelde—. Estoy muy, muy, ocupado ahora. Llamad a...

—Insisto, señor, Galileo me ha dicho que sois el mejor.

El anciano alzó levemente la persiana de los párpados para lanzar al joven un reproche casi imperceptible.

—Sin duda exageraba.

Valerio descargó un formidable puñetazo sobre el escritorio, que a punto estuvo de dividirlo en dos muebles. Los anteojos de Ficcanaso rebotaron varias veces sobre las láminas del manuscrito y uno de los vidrios rodó fuera de la montura. El viejo médico abrió los ojos de par en par, como si lo arrancaran de un trance de hipnosis.

—No tenemos tiempo para esto, señor —le advirtió Valerio—. Es URGENTE.

Maese Arnesi cerró la boca, que se le había desencajado.

—Bien, bien —respondió aturdido—. Siendo así... Vamos entonces.

Una vez en la calle, abandonaron el barrio de la Tramontana y cruzaron por el *Ponte di Mezzo* a la orilla sur del Arno. En los muelles los estibadores desplegaban a voces su frenética actividad, tan ajenos a la prisa de Valerio como el día anterior a las desventuras amorosas de Galileo.

—No me dijisteis que fuerais duques.

—No nos dejaste abrir la boca en toda la noche. Ni siquiera para despedirnos. Solo sabías hablar y hablar de ti mismo y de esa diosa del amor cortés que te había dejado plantado.

—Lo siento —Galileo carraspeó algo avergonzado—. ¿Y qué se os había perdido en la taberna del Flaco?

—Yo pretendía esconderme. Mi tío me sorprendió allí después de haber puesto media Pisa patas arriba y de buscarme hasta debajo de las momias etruscas del Camposanto. Llevaba ya varios días desaparecido.

—¿Por qué?

—Huía de mi tío. No soporto su compañía.

—No te creo... ¡Pero si parecíais uña y carne!

—¿Lo dices por Giovanni? Oh, no, yo adoro a mi tío.

—¿En qué quedamos? —se desesperó Galileo, tratando sin éxito de descifrar la cara de palo de Valerio—. O ¿de cuántos tíos estamos hablando?

—De dos: Orsino y Giovanni. Odio a uno y adoro al otro. Dos sentimientos tan opuestos como las dos personas que los inspiran. Parece mentira que sean hermanos.

—Y por desgracia el que ha caído enfermo esta noche...

—... Es quien menos lo merece —asintió Valerio con tristeza.

Acababan de internarse en una calle estrecha, ahogada bajo las altas fachadas de una sucesión de palacios que acumulaban más mármol que las canteras de Carrara. Valerio se detuvo bajo un escudo de armas tallado en piedra que doblaba en tamaño a los demás: el león rampante con perilla de los Pizzi. Absortos en la conversación, sus zancadas habían dejado atrás al médico, que los seguía al trote y con la lengua fuera. Los tres juntos franquearon la verja del palacete.

La riqueza se distingue por el ingenio con el que malgasta el espacio: cruzaron un patio romano ocupado por mil estatuas, subieron una escalera diseñada para elefantes y atravesaron diversas estancias cuyo único propósito parecía ser el de lucir un disparatado inventario de armas, tapices, relojes, cuadros, muebles, espejos, cacatúas, candelabros, exóticos sirvientes, fuentes de oro y plata...

En el primer piso, Orsino los aguardaba hecho un manojo de nervios, midiendo con sus pasos la extensión de una antecámara. Condicionado por la animadversión de Valerio, Galileo se sorprendió ante su noble porte. A lo sumo, detectó cierto exhibicionismo en la intensidad con la que desplegaba su cortesía.

—Señor Arnesi —dijo estrechando calurosamente la mano del médico tras las presentaciones—, vuestra fama os precede ya como el primer síntoma de la recuperación de Giovanni. Os ruego que lo tratéis como si fuera vuestro propio hermano.

Ficcanaso palideció:

—Solo tengo hermanas. Y una prima muy lejana.

—Ya veo —el desconcierto ante la respuesta del médico endureció la voz de Orsino—. Era una forma de hablar.

Ficcanaso asintió amedrentado.

Lo invitaron a pasar a la habitación contigua. Penetró en ella con el ánimo de un condenado a muerte que sube las escaleras del patíbulo. Las pesadas cortinas de terciopelo de Alejandría retenían un efluvio pantanoso, como si un gigantesco nenúfar se pudriera en la cama con baldaquino que ocupaba el centro del cuarto. Esta vez las piezas del puzle no encajaban: a Galileo le costó reconocer en el cuerpo que naufragaba bajo las sábanas al hombre de simpatía desbordante de la noche anterior.

El maestro Arnesi alargó la exploración cuanto pudo. Por un lado, para reunir la máxima información. Por otro, para retrasar el momento fatal en que reclamarían su dictamen. Siete veces tomó el pulso: en una muñeca, en la otra, en el cuello, en los tobillos, en las sienes... Otras siete comprobó la temperatura de la frente. Palpó la superficie completa del cuerpo. Olfateó el aliento... Pidió que le trajeran los fluidos que había expulsado el enfermo a lo largo de la mañana y los examinó exhaustivamente. Su actuación empezaba a desatar un rumor de impaciencia.

—Vaya, vaya. Bien, bien —tosió al fin, dominando un ataque de pánico—. Yo diría, y solo lo adelanto a modo de hipótesis, que nos enfrentamos a un caso de κολλιτικοσ διαρροια.

—Una infección causada por los alimentos —tradujo solícito Galileo.

—Más o menos... Por ingestión repetida de comida en avanzado estado de putrefacción.

—¿Comida putrefacta? —Orsino arqueó la ceja con el mismo brío con el que tensaría una ballesta—. ¿Qué clase de porquerías cree que servimos en esta casa?

—Quizá comió fuera algo en mal estado... —apuntó el médico con cautela.

Orsino desvió su mirada furibunda hacia Valerio.

—He compartido su mesa desde anoche —aclaró su sobrino.

—Bien, bien. Era solo una primera aproximación —Ficcanaso Arnesi se alisó la ropa tratando de no perder un átomo de autoridad—. Vamos descartando, pues. No es una infección. A ver ese pulso...

—No hacéis sino acrecentar mi inquietud —le censuró Orsino—. ¿Sois capaz o no de tratar a este hombre?

Ficcanaso se agarró a una de las columnas de la cama para no caer desmayado sobre el enfermo.

—¿Podría ser un infarto de colon, maestro? —sugirió Galileo, intentando echarle un cable.

—Mmm... Podría ser, podría ser. Qué duda cabe. No conviene descartar ninguna posibilidad. Y podría no serlo también, ¿eh? Perfectamente.

—¿Y una lesión congénita del páncreas?

—¿Por qué no? Cosas más raras se han visto.

Valerio dio un paso al frente.

—¿Y podría tratarse de un caso de envenenamiento? Ficcanaso adquirió la palidez de un cadáver.

—¿Envenenamiento? ¿Y por qué, muchacho? ¿Quién querría envenenar a tu tío?

—Cualquiera que codiciara su título, su fortuna, sus posesiones...

Valerio no daba nombres, pero sus ojos estaban clavados en Orsino.

—¿Se podría dar el caso, o no? —insistió.

—Hombre, es bien sabido que no hay quien distinga un envenenamiento con *Aqua Toffana* de una gastroenteritis agudísima —Ficcanaso se sacó un pañuelo de la manga para enjugarse las perlitas de sudor de la frente—. Nunca se sabe, nunca se sabe.

Orsino dio otro paso al frente.

—Ya ha sobado a mi hermano lo suficiente. ¿Está en condiciones de darnos un diagnóstico?

—Bien, bueno. Vamos a ver... No querría precipitarme. Quizá convendría solicitar antes una segunda opinión.

La excelente acústica del palacio Pizzi concentró la cólera de Orsino en los tímpanos de Ficcanaso.

—Primero, ¡TRÁTELO! —los bucles de la barba del catedrático temblaron como cascabeles—. ¿O ES PEDIR DEMASIADO?

Intervino entonces la única persona que hasta ese momento había permanecido al margen: de la garganta de

Giovanni Gonfiori escapó una corriente de aire que no procedía de sus pulmones, sino de ultratumba. Sus uñas se aferraron a las sábanas como si quisieran oponer resistencia a un espectro que lo arrastraba. Dilató las pupilas buscando la luz capaz de espantar las tinieblas que lo arrinconaban. Las juntas de la cama se desquiciaron ante la violencia del espasmo. Antes de que tuvieran tiempo de socorrerlo, la convulsión se agotó y su rostro se relajó en una máscara de dignidad.

Recuperando parte de su antiguo aplomo, el maestro Arnesi se dirigió a una de las criadas:

—Un espejo...

Le trajeron un espejo turco de obsidiana que situó bajo la nariz de Giovanni. La inmovilidad del reflejo conjuró la atención de quienes lo acompañaban durante un minuto que se les hizo eterno. Ni una nube empañaba la superficie negra de la piedra. Por fin, Ficcanaso la retiró y habló con serenidad por primera vez:

—El hombre que fue Giovanni de Pizzi ya no se encuentra entre nosotros.

Valerio se llevó la mano a la espada.

—¡Bellaco!

El bueno de Ficcanaso retrocedió tropezando con sus propios pies, convencido de que lo enviaban de excursión al otro mundo, pero el joven se dirigía a Orsino.

—Cálmate, Valerio —por si acaso no se calmaba, Orsino desenvainó su acero y se puso en guardia.

El duelo parecía inevitable. Su sobrino se mostraba tan inclinado a la calma como Ficcanaso a echarse un baile.

—¿Qué es eso? ¡MIRAD!

Todos fijaron la atención en el punto que señalaba Galileo. En la frente de Giovanni se iban perfilando, como

por arte de magia, una serie de trazos, al principio tenues, que fueron ganando intensidad. Ficcanaso escurrió una esponja de una palangana y restregó con fuerza el rostro súbitamente cubierto de signos, que no se borraron.

—No veo bien —el médico se calzó los anteojos para leer:

𝕏 Lvoia Logpt Aorin Lpev 𝕏

—¿Es griego?
—¿Latín?
—¿Está en hebreo?

Ficcanaso retrocedió santiguándose repetidas veces.

—¡ESTÁ ESCRITO EN LA LENGUA DEL MALIGNO! —exclamó al reconocer sobre la piel del difunto el símbolo alquímico del arsénico—. No se trata de una enfermedad ni de un veneno. ¡ESTO ES OBRA DE UN ESPÍRITU DIABÓLICO!

CAPÍTULO TERCERO

Los tres lados del triángulo

La muerte de Giovanni actuó en el ánimo de Valerio como una sequía tenaz. Su vitalidad se marchitó entre las sábanas de la cama, que no abandonaba nunca, como las violetas atrapadas entre las páginas de un libro.

Incapaz de vivir bajo el mismo techo que su tío Orsino, se había trasladado al cuartucho de estudiante alquilado por Galileo. Si este era de por sí diminuto, la presencia de Valerio encogía drásticamente su escala, convirtiendo a su nuevo amigo en un gnomo con sus libritos y armaritos de juguete.

Galileo había aparcado sus estudios sobre el auge y caída de las verrugas infecciosas, y pasaba las horas enfrascado en el estudio de los signos grabados como por arte de magia en el rostro de Giovanni. Convencido de que encerraban alguna clave, barajaba una y otra vez las letras, tratando de organizarlas en una secuencia con sentido. A medida que transcurrían los minutos, el suelo se llenaba de hojas, desplegando una alfombra de borrones y fracasados jeroglíficos.

A su lado, Valerio dejaba pasar el tiempo sin esperar nada a cambio. Se debatía entre su instinto, que señalaba a Orsino como culpable del asesinato de su tío, y la evidencia sobrenatural de su muerte. Se agotaba yendo de una posibilidad a la otra, sin decidirse por ninguna. Cada vez que se enfrentaba a un dilema, recurría a las novelas de caballerías que le leía su nodriza de pequeño, buscando algún episodio que le sirviera de inspiración, para seguir el ejemplo de Cirongilio de Tracia o Palmerín de Inglaterra. Cuando no le cuadraba ninguno, como ahora, entraba en punto muerto.

En este escenario de confusión y duelo irrumpió una joven lavandera, que de golpe abrió la puerta y se quedó plantada en el umbral en actitud retadora, con una mano en la cintura y un cesto de ropa apuntalado en la cadera.

—Ah, menos mal. ¡Estás vivo!

La intensidad del reproche los pilló con la guardia baja. Galileo entornó los ojos mientras repasaba los bellos rasgos que se emboscaban debajo de la cofia.

—¿Caterina?

—¡No has respondido a ninguna de mis cartas! Ni a mis recados.

La presencia de la joven alborotó el jardín de sus emociones, donde crecía de todo: nomeolvides, mimosas y también malas hierbas.

—¿No se te ocurrió pensar que quizá no me apetecía contestarlas?

—Por supuesto. Encaja a la perfección con tu carácter egoísta y vanidoso. Pero temía que hubieras cometido alguna estupidez.

—¿Alguna estupidez? ¡Yo nunca cometo estupideces!

—Caterina, por supuesto, desconocía el incidente de la taberna del Flaco.

Ella reparó entonces en Valerio, tirado como un muñeco sobre la cama, la camisa con más arrugas que una pajarita de papel, sin afeitar, con el cabello desordenado y esa fealdad artificial que impone la tristeza.

—¿Y este mendigo? ¿Te has traído a casa a alguno de tus leprosos?

Galileo procedió a las presentaciones sin mucho entusiasmo.

—Valerio. Es Caterina.

—Lo sospechaba. No entiendo qué has podido ver en ella —rezongó Valerio.

—¿También es un tarado? —preguntó Caterina.

—No puede evitarlo. La chica es así —Galileo se apresuró a disculparla, temiendo el efecto que pudiera causar su descaro en el abatimiento de Valerio.

Este, curiosamente, comenzó a espabilarse de su letargo.

—¿Siempre se pasea así, vestida de lavandera?

—Y de criada, de monja, de oso titiritero...

—De lo que sea —zanjó ella—, con tal de que me dejen entrar y salir allá donde me plazca, cuando y como yo quiera.

Le había tocado vivir en una época donde las mujeres, nada más dejar la cuna, ingresaban en una cárcel. Como había tenido la suerte de nacer en una familia rica, la jaula de Caterina era lujosa. La alimentaban con exquisiteces y golosinas, y podía languidecer vestida de princesa en un bonito jardín, donde el musgo se ensañaba con la piedra de las fuentes...

Pero fueran de oro o de hierro oxidado, para ella los barrotes seguían siendo barrotes. Con los años, su arsenal de ardides para escapar de la vigilancia de su padre se había vuelto tan rico y sofisticado que las sirvientas encargadas de su custodia habían terminado por tirar la toalla.

Semejante perfil no encajaba en ninguna de las viñetas caballerescas de Valerio.

—Me resulta insólito. Una dama no debería...

—Es insólito. Es lo que hay. Le viene de familia —es la única justificación que encontró a mano Galileo.

El futuro duque de Pizzi abrió los ojos de par en par:

—¿También se disfrazan?

—De personas normales. Pero no te engañes: están igual de chiflados. Su padre se pasa el día dando clases de solfeo a las gallinas cluecas. Lleva años así, reuniendo una coral de granja para demostrar al mundo su teoría de que los gansos y los marranos son los intérpretes ideales del canto a capela.

—¿Y de qué la conoces? —en la voz de Valerio latía una preocupación sincera.

—Antes de que mi padre se marchara a Florencia, el padre de Caterina era su mejor amigo. Ambos disfrutaban de la especulación científica y estaban enamorados de la música. Solo que mi padre no estaba loco. Y ambos se dedicaban a comerciar con lana...

—Solo que mi padre tuvo mucho más éxito que el tuyo —hecha la puntualización, Caterina interpeló a Valerio—. Bueno, ahora toca el desempate. ¿A qué se dedica tu padre?

La alusión familiar pulsó un timbre secreto en Valerio. La sangre inyectó vigor renovado en sus músculos, su pecho se infló desbaratando las arrugas de la camisa y se levantó como un resucitado. El suelo crujió bajo su peso y su melena cepilló las vigas del techo.

—Soy hijo de Ludovico Gonfiori, duque de Pizzi, caballero de la Orden de San Stefano, muerto en la batalla de Lepanto contra los turcos.

Caterina casi dejó caer la cesta de la impresión.

—¿Y también te disfrazas? —alcanzó a preguntar—. ¿O también estás loco?

Galileo la puso al corriente de los últimos acontecimientos, omitiendo oportunamente el vergonzoso episodio de cómo habían llegado a conocerse. Caterina contempló a Valerio con nuevos ojos. Se quitó la cofia y le habló en un tono más cariñoso.

—Lo siento. Quizá haya sido un poco brusca...

—¡YA LO TENGO! —la interrumpió Galileo.

Su exclamación puso fin al intercambio de miradas entre Caterina y Valerio, que se prolongaba sin que ninguno supiera muy bien con qué palabras acompañarlo. Galileo se había lanzado sobre su escritorio y garrapateaba línea tras línea como si le ardiera entre los dedos un reguero de pólvora.

—¡La clave del mensaje! —anunció, mostrándoles un papelito con una letruja impenetrable.

—¿Lo has deducido mientras hablabas con nosotros? —se asombró Valerio.

—La mayoría de las conversaciones son tan banales que no reclaman más que un uno por ciento de mi atención —aclaró Galileo.

—No sé cómo he podido no enamorarme de este hombre —farfulló Caterina.

Valerio sonrió:

—A mí me hace gracia.

—¿Y qué has descubierto? —insistió ella.

—Si escribo las letras que surgieron en la frente de Giovanni («Lvoia Logpt Aorin Lpev») en una tabla de siete columnas, en zigzag de arriba abajo, y las leo, en zigzag de derecha a izquierda, tenemos: «Plata. *Il Volpone.* Virgo».

L	I	A	T	A	L	P
V	O	L	P	O	N	E
		O	G	R	I	V

—¿Y eso tiene algún sentido?

—Seguro.

—¿Y bien?

—Ni idea. Que lo tenga no quiere decir que yo se lo haya encontrado.

—¿No eras el hombre más listo del universo? —le pinchó Caterina.

—No se lo he encontrado TODAVÍA.

Capítulo cuarto

La mano de Galileo

Por primera vez desde que aprendiese a hablar y, por tanto, a llevar la contraria, Galileo rehuía la polémica. La herida de Caterina estaba demasiado reciente como para permitir a sus compañeros que hurgaran en ella, así que, durante un tiempo, decidió evitar la universidad.

Sin embargo, nada le impedía asistir a las clases privadas que Ostilio Ricci, matemático del gran duque de la Toscana, daba a los jóvenes de la Corte. Y nada se lo impedía porque Galileo se presentaba en el *Palazzo Medici* hecho un pincel, y porque un paje, llamado Moscerino, lo colaba a escondidas por la entrada de la servidumbre para anunciarlo después, a bombo y platillo, como el hijo del marqués de Buonamici.

Bajo el nombre de Galileo Galilei y con su toga roñosa como tarjeta de visita, el joven estudiante hubiera recibido un portazo en las narices. Sin embargo, el simpático Moscerino (tan diminuto que costaba distinguirlo de los adornos del palacio) lo hacía pasar con los honores de un Papa. En el hospital de Santa Chiara ningún doctor había tomado en serio los dolores de espalda que sufría el paje de tanto hacer reverencias. Excepto Galileo, que le había regalado una tarrina de ungüento, ganándose su agradecimiento de por vida. Por si esta era corta, o acaso larga y lo terminaba olvidando, Galileo quiso cobrarse el favor en el acto.

Afortunadamente, el marqués de Buonamici era un solterón que jamás frecuentaba la compañía de nadie, por miedo a que se le contagiara alguna enfermedad o, peor, la estupidez de la gente. El riesgo que corría Galileo al hacerse pasar por él merecía la pena. Ostilio Ricci le inspiraba un sentimiento insólito: admiración.

Este matemático de la Corte había sido discípulo del mítico Tartaglia. Cuando exponía los logros de Euclides y Arquímedes, más que un profesor parecía un médium que abriera el portal hacia una dimensión fascinante.

Mientras los hijos de la aristocracia toscana sesteaban o se pasaban papelitos a escondidas, la mente de Galileo asistía al despliegue de un ejército de conceptos e ideas capaces de entregar al hombre el dominio de la Naturaleza. Por el momento, durante las clases de Ricci se mordía la lengua y se limitaba a escuchar, por temor a ser descubierto. Pero él mismo sabía que no aguantaría mucho y que llegaría un momento en que abriría la boca, y en que se convertiría en el centro de atención. Sí. Y en que ardería Troya...

Aquella mañana, terminada la clase, Galileo esquivó la compañía de los futuros condes y príncipes, que chismorreaban acerca de los fantasmas del *Palazzo Medici* y de la construcción de la nueva residencia ducal. Después de cruzar las cocinas y entregar a Moscerino otra tarrina, salió a la calle con cien ojos, cincuenta atisbando a la derecha y otros cincuenta, hacia la izquierda. Quería evitar a toda costa un encontronazo con los estudiantes de medicina. Si caía en sus manos, sabían suficiente anatomía para despellejarlo vivo.

Improvisó una ruta que minimizaba los riesgos. La primera etapa pasaba por saltar con discreción la tapia del pequeño cementerio de San Mateo. La calma del lugar afectó como nunca su humor melancólico. Las ordenadas hileras de cruces le produjeron la sensación de tachones, como si la muerte se afanara en completar una extraña colección de cromos. De pronto, se le vino encima el recuerdo de Giovanni Gonfiori. Evocó al hombre lleno de vida al que había llorado sus penas en una taberna, y al espectro que, un día después, se había desvanecido entre colchas y brocados de seda.

Advirtió que tres personas se habían reunido para dar su último adiós a un cuerpo envuelto en un lienzo blanco. Unos enterradores lo acomodaban en la sepultura, mientras, en la rama fría de un ciprés, un mirlo entonaba su particular canto fúnebre.

Cuando Galileo se dio cuenta de que Ugolino formaba parte del cortejo ya era demasiado tarde. Antes de emprender la retirada, sus pasos habían llamado la atención del ayudante de cirujano, que salió rápidamente a su encuentro. Como de costumbre, Galileo pensó que la mejor defensa era un buen ataque.

—Maese Ugolino... ¿conspirando ya para robar el cadáver?

Ugolino ignoró la ocurrencia y clavó en el joven un inesperado puñal de celos y sospechas.

—¿Conocíais a Regina?

—¿Regina? —Galileo tardó unos segundos en caer en la cuenta—. ¿La cocinera del hospital de Santa Chiara? Solo de vista.

Entonces recordó los rumores que circulaban sobre los amores no correspondidos del ayudante con la muchacha. Galileo nunca les había dado crédito. ¿Ugolino enamorado? Le resultaba tan verosímil como que el Sol y la Luna se escaparan de sus órbitas en viaje de novios. Este inesperado rasgo de humanidad suscitó en él un espejismo de simpatía.

—Lo siento.

Ugolino aceptó la condolencia con una expresión insondable.

—Otro caso de disentería. La muerte nos corteja a todos, joven Galileo. No es amiga de hacer excepciones.

—Pues en mi caso, mejor que se espere una temporadita. Ahora no estoy de humor para cortejos.

Ugolino no despegaba los ojos del ostentoso abrigo de Galileo, con las solapas forradas de piel de lince.

—Vuestro atuendo insinúa más bien lo contrario. Decidme, ¿sois cobarde?

Galileo se puso de nuevo en guardia.

—No más que otros.

—¿Nunca os habéis parado a observar la palma de vuestra mano?

Galileo lo hizo como si la viera por primera vez.

—Si os digo la verdad, no demasiado. ¿Me he perdido algo?

—Ahí, en esos surcos, está escrito todo: el capítulo de vuestra fortuna, el de vuestros amores, vuestro destino, vuestro idilio con la muerte...

—Vuestra cara me dice que pronto me tocará la china.

—Pronto... tarde... —Ugolino se encogió de hombros—. En todo caso, señor, antes de que lo que os figuráis.

—¿Y cómo pensáis hacerlo? —le preguntó jovialmente Galileo.

—Hay tantas maneras, ¿verdad? Una sola de nacer e infinitas de volver a la gracia de Dios.

—¿Y qué os cuenta mi mano?

—Lo estáis viendo... —Ugolino señaló la fosa de Regina, que uno de los enterradores deshacía ya con paletadas de tierra húmeda—. Tomad ese triste espectáculo como una advertencia de vuestro futuro. La epidemia está repartiendo muchas papeletas con premio...

—¿No podríais ser más explícito?

Ugolino atenazó la palma de Galileo con sus dedos, gélidos como patas de araña, y entonó con voz de murciélago:

—La muerte os buscará en una fiesta de Mantua y os encontrará, como un paria, en las calles de Pisa.

—Asombroso. Fíjate cuánta información en tan pocas líneas. Ahora que caigo, devolvédmela —dijo retirando la mano—, a ver si os vais a enterar de algo indiscreto...

Ugolino abría y cerraba la boca igual que una grapadora, a punto de perder los estribos.

—¡Estáis ciego! —exclamó—. Mirad...

De su pecho raquítico separó un fajo de hojas sueltas, atadas con un cordel, y se lo arrojó a la cara. Galileo echó un vistazo a los papeles sin curiosidad.

—¿De dónde habéis sacado esto?

—Corre de mano en mano por toda Pisa.

Era uno de tantos pliegos donde se imprimían relatos de sucesos, curaciones milagrosas o sermones de predicadores. En un estilo truculento narraba la historia de Nicodemus Bombastus, un envenenador profesional que se había ganado a pulso que lo quemaran en una hoguera de Verona hacía un par de meses.

—¿Alguien de la familia...? —Galileo alzó una ceja interrogadora en dirección a Ugolino.

A Bombastus se le atribuían crímenes audaces y poderes sobrenaturales: volaba, se desvanecía en el aire y a la luz de las lámparas proyectaba tres sombras desiguales, la de una anciana, la de un perro famélico y la de un soldado tudesco mutilado. Antes de que el fuego lo redujera a cenizas, había jurado regresar de entre los muertos para vengarse:

«NADIE QUEDARÁ A SALVO: DE LOS ALPES AL ESTRECHO DE MESINA. NI VILLANOS NI PRÍNCIPES. NI INOCENTES. TODOS PROBARÉIS EL BESO AMARGO DE MI ELIXIR».

—El fuego aviva el ingenio, ¿eh? —Galileo soltó una carcajada—. ¿En serio dais crédito a estas chorradas?

Ugolino se las veía y se las deseaba para contener las ganas de adelantar por su cuenta el destino que había leído en la mano del joven.

—Espera —Galileo se mordió el labio. Iba a devolver las hojas manoseadas, cuando su ojo de halcón cazó al vuelo un fragmento:

☒Vaapr Cnoin Iicri Gogoo Orior Onfni ☒

Eran las palabras que se habían revelado súbitamente sobre el rostro de un gentilhombre de Verona, Valentine Proteus, poco después de morir. Como en el caso del tío de Valerio, lo sobrenatural del suceso había evitado una guerra entre dos familias enemistadas a muerte. La sospecha de un envenenamiento hubiera desatado una escalada de represalias entre unos y otros. Al divulgarse la presencia del símbolo del arsénico, la firma cabalística de Nicodemus, la ciudad se había rendido al terror más irracional. Antes de que Ugo-

lino sacara nuevo lustre a su inagotable repertorio de supersticiones, Galileo le dio esquinazo.

De regreso a la pensión, no halló a Valerio en su cuarto. Una corazonada lo encaminó hacia la casa de Caterina, donde, en efecto, los encontró paseando por el jardín. Valerio había recuperado su esplendor de estampa medieval: tocado con un turbante, vestía una casaca de satén con garabatos de oro y sus espuelas se enredaban en los macizos de flores, haciéndolas temblar como panderetas.

Galileo iba a reprocharle no sabía exactamente el qué, cuando el otro, nada más distinguirlo, lo abordó con un salto de fiera. Los dos blandían en la mano el mismo pliego de papel.

—¿Dónde estabas? —le espetó Valerio, mostrándole el relato de Nicodemus—. Mira lo que usaba tu casero para envolver salmonetes.

—A mí este ejemplar me lo dio directamente un salmonete.

—¿Y lo has leído?

—No solo eso. He descifrado el mensaje en clave. «Vaapr Cnoin Iicri Gogoo Orior Onfni» significa: «Oro. Giovanni Gonfiori. Capricornio».

V	O	I	G	O	R	O
A	N	N	I	G	O	N
A	C	I	R	O	I	F
P	R	I	C	O	R	N
					O	I

—¡Es el nombre de mi tío!

Caterina ni se molestó en buscar una explicación. Se limitó a esperar a que Galileo les atizara con ella en la cabeza.

—El mensaje anterior rezaba: «Plata. *Il Volpone*. Virgo». El gentilhombre de Verona señalaba a Giovanni, y el de tu tío a alguien apodado *il Volpone*. Eso quiere decir que cada muerte anuncia la siguiente.

Valerio contraatacó por sorpresa:

—Esta mañana caí en la cuenta de quién era *il Volpone*.

Galileo frunció el ceño, algo molesto de que alguien, y más todavía Valerio, supiera algo que él ignoraba.

—¿Y bien? —inquirió, disimulando su escasa fe en las revelaciones del gigante.

—Es el apodo familiar de Lorenzino Gonzaga, el hijo pequeño del duque de Mantua. Mi tío conocía a la familia y contaba unas anécdotas muy graciosas de cuando, siendo niño, acuchillaba a los criados.

—Menudo encanto.

—¡Ahí va! —Caterina se puso en pie—. La semana que viene se celebra en la Corte de Mantua la mayoría de edad del menor de los Gonzaga.

—Os veo muy puestos en los ecos de sociedad —refunfuñó Galileo, ansioso de recuperar la voz cantante.

—¿Y lo del Oro y la Plata, Virgo y Capricornio? —le desafió Caterina.

—A eso aún no le he encontrado el sentido —tuvo que admitir Galileo.

—Pero hombre —le echó en cara ella—, das un paso y retrocedes siete...

—Oye, guapa, que yo...

—¿No puedes darte un poquito más de brío? Ahora que me fijo, vienes hecho un pimpollo —los ojos de Caterina acariciaron con suspicacia las solapas de piel de lince—. ¿Has estado rondando a alguna condesa?

—Lo importante es que hemos averiguado que un noble está en peligro —les interrumpió Valerio, con una emoción que casi llamaba a proclamar la novena cruzada.

—Pues deberíamos avisarlo —observó Caterina.

—Sería un detalle —asintió Galileo—. Seguro que nos lo agradece.

—Yo soy mujer, a mí nadie me haría caso.

—A mí tampoco—reconoció Galileo a regañadientes—, de mis padres solo heredé el título de Don Nadie. Aquí el único con sangre azul eres tú, Valerio. ¿Hiciste algún amiguito en la corte de Mantua?

—Yo no: mis tíos. Tendría que hablar con Orsino.

—Y eso está fuera de toda cuestión... —le tanteó Galileo.

—Absolutamente.

—Quizá podríamos forzar una entrevista con su secretario, o con alguien del círculo de la Corte —sugirió Caterina.

Galileo no lo veía tan claro.

—¿Y si le vamos con el cuento al secretario y resulta que justo era él quien pretendía envenenarlo, y acabamos envenenados y con una sopa de letras en toda la frente?

—Ningún secretario mató a mi tío Giovanni. El maestro Arnesi dejó bien claro que fue obra de un espíritu maligno.

—¡Ese Ficcanaso era un mendrugo y un zoquete! —se indignó Galileo.

—¿En qué quedamos? —exclamó Valerio—. Tú me lo vendiste como la reencarnación del mismísimo Hipócritas.

—Hipócrates. Es la última vez que confío en el prestigio de nadie. ¡Ni siquiera de Aristóteles! ¿Tú lo viste en

acción? No le llegaba la camisa al cuerpo del miedo que
tenía a equivocarse. Le vino de perlas que en mitad del
diagnóstico se le cruzara un fantasma.

—El primer crimen fue en Verona y, por algún medio
hechiceresco, anunció la muerte del tío de Valerio —objetó
Caterina—. La profecía se cumplió.

—Y no hay ninguna conexión entre esa gente de Verona, mi familia o el príncipe Lorenzino —remató Valerio.

—Ninguna que nosotros veamos —Galileo no daba
su brazo a torcer.

—Solo crees en lo que puedes ver —se desesperó
Caterina.

—Al contrario. No me puedo creer lo que estoy viendo: que os hayáis tragado esa historieta del envenenador
hecho carbonilla que resurge de sus cenizas para vengarse.

—Sé más respetuoso —Caterina acarició el oro de la
medalla de la Virgen que le colgaba del cuello—. No provo-
ques a los espíritus.

—A los espíritus, no. ¿Y al sentido común?

—Me estás poniendo nerviosa.

—Ella tiene razón —intervino Valerio.

—Éramos pocos y parió la abuela —Galileo pasó a
mesarse los tres pelos de la barba.

—¿La abuela de quién?

Galileo prefirió ignorar el comentario de Valerio y se
enfrentó a Caterina.

—¿Tienes miedo a pagar el pato por mi culpa? Tran-
quila. ¡Nicodemus! —comenzó a dar voces apuntando al
cielo, como si le pudiera escuchar alguien emboscado entre
las nubes—. ¡Bombastus!... ¿Estás ahí? ¿Puedes oírme?
Amigo, no desperdicies tu precioso veneno con estos zo-
pencos. Gástatelo todo en mí.

—¡Galileo! —Caterina se apartó horrorizada.

Valerio desenvainó la espada.

—Por tu propio bien, amigo mío, cierra el pico —lo dijo con todo el cariño, pero la punta de su acero de Milán descansaba en la garganta de Galileo.

Valerio hablaba poco, pero cuando quería, sabía ser elocuente. Galileo se tragó, una tras otra, todas las palabras que pensaba soltar. Un verdadero atracón. Que disfrutó en silencio.

Caterina aprovechó el respiro para meter baza:

—Aunque lo avisemos, ¿de qué serviría? ¿Cómo vamos a detener el ataque de un espectro?

La respuesta requería conocimientos que desbordaban el repertorio novelesco de Valerio. Cuando este se percató de la muda consulta que le hacían las cejas de su amigo, apartó la espada.

—Haya paz —rogó Galileo en tono conciliador—. Hagamos una cosa. Busquemos la manera de advertir al hijo del duque en persona y luego que él decida. Si le apetece, que recurra a su guardia personal, o si no, a un nigromante que lo cubra con huesos de santo.

Caterina y Valerio aprobaron la moción por unanimidad:

—¡Hay que partir hacia Mantua!

Al oír el nombre de la ciudad, Galileo sintió que una araña de hielo le rascaba en la palma de la mano, y se estremeció.

«LA MUERTE OS BUSCARÁ EN UNA FIESTA DE MANTUA Y OS ENCONTRARÁ, COMO UN PARIA, EN LAS CALLES DE PISA».

Esta vez las palabras de Ugolino no le hicieron ninguna gracia. Más bien se preguntó en qué clase de embrollo se estaba metiendo.

Capítulo Quinto

Tres farsantes

El destino era Mantua; la misión, advertir al joven Lorenzino de que lo andaba rondando la muerte. De acuerdo, pero ¿cómo burlar el bloqueo de la Corte? Pues, como cantaban los juglares piamonteses: «Cuando buscas *proooblemas,* el destino / siempre te regala una *oportunidaaad».*

No sabían qué hacer, y les urgía averiguarlo. La quietud del jardín les atacaba los nervios, así que se pusieron en marcha y salieron a la calle sin rumbo fijo.

En la *Piazza delle Sette Vie* los detuvo una multitud. Los comerciantes habían abandonado sus puestos y hasta los rateros, que en otras circunstancias hubieran aprovechado para hacer su agosto, buscaban un sitio entre los demás. Todos se apretujaban formando un círculo en torno a una canción, que brotaba de algún punto impreciso bajo el arco de los Gabrieles.

Antes de que Valerio les abriera paso, Galileo, inspirado por la música, se imaginó a un ángel caído del cielo que regalaba a los pisanos un atisbo del paraíso. Casi fue una decepción contemplar desde la primera fila a un niño del tamaño de Garbancito, con los dientes desiguales de un xilofón, y a su padre, un hombre de mediana edad, de bigotes como grandes corcheas, que tocaba el laúd.

Ni el estribillo se atrevió a interrumpir Galileo, pero aprovechó la primera pausa para colarse:

—¿Qué hacen unos músicos tan extraordinarios desperdiciando así su talento, en mitad de la calle?

Las corcheas en el bigote del padre se estremecieron:

—Veníamos por el camino de Livorno, señor, cuando nos asaltaron unos maleantes. Nos robaron las mulas, los vestidos de gala y el dinero que habíamos prevenido para el viaje.

Con el recuerdo, a Garbancito le agarró la tiritona.

—Pero ¿adónde os dirigíais? —insistió Galileo.

—A la Corte de Mantua, para amenizar el banquete que se celebrará en honor del príncipe Lorenzino —el músico retorcía las cuerdas del laúd, desesperado—. Nos esperan en palacio desde ayer. No hallamos carretero o mulero que nos haga un hueco en su carro. Tampoco nos queda dinero para los jamelgos y las jacas viejas que nos ofrecen los villanos.

Era cuanto necesitaba oír Galileo para liarla. Con gesto magnífico, los llevó aparte, bajo el toldo de una escribanía, lejos de la curiosidad de la multitud.

—Dejad de malgastar vuestro talento ante estos plebeyos con oreja de madera. Permitid que me presente. Soy Valerio Gonfiori, duque de Pizzi, y esta —señaló a Caterina— es mi mujer.

La joven abrió los ojos como una lechuza deslumbrada por una linterna.

—Y este es... —Galileo dudó un segundo ante Valerio, antes de chasquear los dedos—. Mi secretario Bruto.

Valerio asistía a los acontecimientos como quien hojea un libro en arameo. Y sin ilustraciones.

—Mi nombre es Matteo Borsa —se presentó el músico—, soy de Perugia, y este es mi hijo Niccolino, el Pequeño Milagro.

—Bien pequeño y bien milagroso —estuvo de acuerdo Galileo, desordenándole el pelo.

Explotando con descaro su falso papel de duque, birló una pluma y un papel de un pupitre de la escribanía. Con la mano derecha garrapateó varios renglones, mientras con la izquierda hurtaba de los dedos de Valerio el anillo con el escudo de los Pizzi. Secó el exceso de tinta con talco, plegó la hoja y vertió lacre en el cierre. Después de sellarlo con la sortija, se la alcanzó al músico como si fuera la lámpara de Aladino.

—Preguntad en la vía San Martino por la residencia de los Pizzi y entregad esta nota al *maggiordomo*, aclarándole que venís de mi parte. Os proporcionarán cuanto pidáis: dinero para el viaje, monturas y ropas nuevas.

—No sabéis cuánto os lo agradezco —el maestro Borsa no daba crédito a tanta generosidad.

—Es a mí a quien hacéis un favor —protestó Galileo—. No soportaría que la fiesta de mi queridísimo amigo el duque de Mantua quedara deslucida por vuestra ausencia. Ahora, si me lo permitís, tengo que cazar un par de osos antes del almuerzo.

Así se despidieron, intercambiando sonrisas y aparatosas reverencias a lo largo de tres manzanas, hasta que se perdieron de vista después de doblar una esquina.

—¿Alguien puede explicarme qué ha ocurrido aquí? —bufó Caterina, cogiendo carrerilla para echar una bronca monumental.

—Galileo ha ayudado a los músicos... —apuntó Valerio, que no las tenía todas consigo—. Lo que no entiendo es por qué se ha hecho pasar por mí.

—¿Qué ponía exactamente en esa nota? —le interpeló Caterina a Galileo.

Este se encogió de hombros:

—No sé. Algo así como: «Aseguraos de que estos dos muertos de hambre duermen hoy en chirona. Acusadlos de robar cualquier objeto de valor y, contados tres días, retirad los cargos, alegando un terrible malentendido. En compensación, entregadles diez escudos de oro».

El semblante de Valerio adquirió la dureza del mármol. Su voz, la del diamante:

—¿Has utilizado el nombre de mi familia para divertirte a costa de unos pobres infelices?

Viendo que su mano tiraba ya del pomo de la espada, Galileo apuró las explicaciones:

—Frena, Valerio. No empieces a soltar mandobles. En la Corte de Mantua esperan la llegada de dos músicos para la fiesta. ¡Nos haremos pasar por ellos! Así tendremos acceso al príncipe y podremos prevenirlo del peligro que corre.

El sol de la comprensión disipó al instante los nubarrones. Valerio rodeó con el brazo los hombros de Galileo y se lo mostró a Caterina con orgullo.

—Este hombre es un genio.

—Pues fíjate que yo lo veo más bien como un sinvergüenza. Con «S» mayúscula, además. Te has aprovechado de las desgracias de un pobre tipo y de su hijo de quince años —Caterina se puso en jarras—. Encima tendremos que aplaudirte.

—No lo he hecho para echarme unas risas. La vida del príncipe está en juego, ¿recuerdas? —se justificó Galileo—. Estos dos se pasarán un par de días en un calabozo, de acuerdo, pero luego recibirán una recompensa. Y mientras, nosotros habremos evitado que Lorenzino acabe criando malvas.

—¿Ah, sí? ¿Y qué vais a hacer cuando os toque actuar delante de los ilustres invitados de la familia Gonzaga?

Galileo se demoró en la respuesta.

—Yo tocaré el laúd —acertó a decir—. Seguramente lo hago mejor que ese buen hombre.

—Ni en tus mejores sueños, pero supongamos que fuera cierto —concedió ella—, o que en la Corte de Mantua estén sordos como tapias. Aquí está el Pequeño Milagro, ¿no? —señaló a Valerio—, después de merendarse un elefante. ¿Qué va a hacer él? ¿Soltar chistes de venecianos?

Valerio frunció los labios despreocupadamente.

—Yo... cantaré.

—Ya. Las cuarenta en el tute. ¿Te importaría hacernos una demostración? —se impacientó Caterina.

Valerio improvisó una balada empalagosísima. Galileo y Caterina se miraron consternados.

—¿Qué? —les interpeló Valerio.

—Cantas peor que las gallinas de mi padre —la joven se recreó en el desánimo de Galileo—. Me dais pena. O risa. No sé en qué orden, la verdad. Por suerte, contáis con quien os saque las castañas del fuego. Alguien que no...

—Al grano —Galileo no estaba para bromas y, ante el tono y la expresión de Caterina, cazó sus intenciones al vuelo —. Ni hablar.

Ella asintió.

—Sabes que mi voz es más dulce y afinada que la de cualquier chico de quince años. Y puedo hacerme pasar por un hombre.

—De eso no me cabe duda. ¡Solo te faltan los pelos de la barba! Lo difícil es hacerte pasar por una mujer.

—Aun así, prefiero no correr riesgos —Caterina se plantó desafiante—. Me disfrazaré.

—No, no lo harás. Valerio y yo iremos al coro de San Remigio y secuestraremos al primer mocoso que no suelte gallos.

—Como quieras. Mientras, yo buscaré a cierto músico bigotudo y a su hijo microscópico para compartir con ellos vuestra idea, a ver si la encuentran tan genial...

Galileo entornó los ojos:

—No eres una mujer: ¡eres un demonio!

—¿Sabes? Agradezco tus esfuerzos por comprenderme, pero los minutos vuelan. Estamos perdiendo un tiempo precioso.

Valerio dio por hecho que Caterina había ganado por goleada.

—Para hacernos pasar por esos músicos zarrapastrosos nos harán falta ropas groseras y mal cortadas. ¿De dónde vamos a sacarlas? —preguntó, mientras se rascaba la barbilla pensativo.

—De ese género, Galileo tiene un fondo de armario completísimo —respondió Caterina—. El resto lo sacaremos de mi baúl de los disfraces...

Cuando el sol se acostó tras la espalda nevada del monte Cimone, habían recorrido ya veinte leguas. Hicieron alto en una hostería a las afueras de Módena: *La gazza ladra*. Los cuartos estaban abarrotados, con gente que dormía incluso en el alféizar de las ventanas y todo lo que obtuvieron fue una sopa boba con media berza, forraje para los caballos, y tres metros cuadrados de paja en un granero atestado de viajeros con su mismo destino.

—¡Parecemos ratas en el fondo de una cloaca! —protestó Caterina, mientras trataba de allanar a golpes una superficie donde tumbarse.

—No voy a soportar este fétido olor a rufianes ni un segundo más —tronó Valerio.

Agotado por la cabalgada, Galileo intentaba pegar ojo.

—Si sus altezas los duques de Tiquismiquis no pueden soportar el mundo real, cada uno que se vuelva a su palacio. Si no, punto en boca y a dormir.

En cuanto rozó la cara contra su almohada de rastrojos, Valerio cayó profundamente dormido. Caterina lo observó estupefacta.

—No es que tu amigo tenga demasiadas luces, la verdad.

—Pues para encontrarlo tan poco iluminado, no le quitas los ojos de encima.

Ella se tendió dándole la espalda, escondiendo el rubor que le achicharraba las mejillas.

—Me asombra, eso es todo —refunfuñó—. Trato de distinguir si hay algo más allá de las tinieblas.

—Un ducado, Caterina. Y lo has visto perfectamente.

Le respondió un silencio sepulcral.

Para ella hacía medio minuto que la conversación había naufragado en la más absoluta vulgaridad.

Capítulo sexto

La muerte acude a una fiesta

Al día siguiente, se incorporaron a una lenta romería de carros, mulas y caballos para atravesar el gigantesco tablero de ajedrez que los huertos y las parcelas dibujaban en los alrededores de Mantua. A medida que se aproximaban a sus murallas, crecía en ellos la incertidumbre.

—No van a darnos ni la oportunidad de meter la pata —se lamentó Caterina.

Entre los olivos, el chillido de las cigarras parecía delatarlos.

—Tú sonríe, Pequeño Milagro —fue el último consejo de Galileo—. La gente simpática despierta menos sospechas.

En la *Porta de Pisterla* no les cobraron el tributo de entrada a la ciudad. Una vez dentro, sus temores quedaron ahogados con el clamor de los preparativos. Un ejército festivo había tomado al asalto los barrios del centro: la gente bailaba en los mercados, apostaba en las peleas de perros y en los torneos improvisados, daba la bienvenida a los artistas... Hasta los mendigos tarareaban canciones alegres, con la esperanza de pillar una pieza de oro al paso de algún cardenal, o de los grandes señores que desfilaban por las calles solemnemente. Durante los festejos estaba terminantemente prohibido arrojar inmundicias por la ventana. El pestazo habitual de las calles quedaba enmascarado bajo el perfume de los hornos, cuya labor incesante saturaba el ambiente con el aroma de la leña quemada, de los pavos rellenos, de las fuentes de *tortelli* de calabaza... compitiendo con la fragancia de las guirnaldas y las coronas de retama, que convertían las fachadas en jardines verticales.

Una corriente de vitalidad arrastró a Caterina, Galileo y Valerio rumbo a la aventura.

El río Mincio ceñía con un brazo de agua la fortaleza de los Gonzaga. Su alta muralla de ladrillo rojo encerraba un castillo y un palacio con centenares de cámaras, puentes colgantes, pasadizos, galerías, patios, jardines secretos... y hasta una iglesia con su nido de cigüeña sobre el remate del campanario.

Junto a la garita de guardia, un grupo de soldados controlaba el acceso. Cruzaron el puente levadizo sobre el foso del castillo de San Jorge. Aunque se apuntaron a la cola del centinela que les pareció menos espabilado, este acertó a formularles la más temible de las preguntas:

—Y vosotros, ¿quiénes sois?

Galileo, elegido por unanimidad como portavoz de las patrañas, respondió sin titubear:

—Matteo Borsa y Niccolino, el Pequeño Milagro.

Se cruzaron tres pares de dedos con el fin de granjearse eso mismo, un pequeño milagro: ¡que los dejaran entrar!

El centinela repasó una y otra vez, de arriba abajo, una larga lista repartida en varias cuartillas de trapo.

—Nada, nada, nada... Ajá, sí —dijo al fin, agotando varios paseos y tres minutos de ansiedad—. Aquí os tengo. Pasad. Su perspicacia de vigía no había apreciado la diferencia entre dos y tres personas. Mejor para ellos.

La segunda barrera, ya en el patio de guardia del castillo, les reservaba otra pregunta comprometedora:

—¿Traéis pulgas?

—Amaestradas —respondió Galileo de muy buen humor.

—Pasad por allí a que os las examinen. No queremos pulgas ni piojos en esta celebración.

Una vez libres de sospechas y piojos, una charanga de pífanos, panderetas y timbales los guió hasta la explanada que se abría al pie del castillo, entre la iglesia de Santa Bárbara y el viejo palacio del Capitán.

Fue allí donde Staffilococo, maestro de ceremonias, tomó a Galileo al abordaje.

—¿Maese Borsa? —le soltó a bocajarro, como quien pega un disparo.

Una pelusa difusa se agazapaba detrás del cogote de Umberto Staffilococo. Su silueta coincidía exactamente con la sombra chinesca de un avestruz que Galileo sabía hacer con las manos.

—Para serviros —el falso Borsa clavó una de las admirables reverencias del auténtico.

—Tendríais que haber llegado hace un par de días —le reprochó el dueño de la pelusa, que no escondía un humor de perros—. Nos hemos quedado sin tiempo para ensayar.

—Nos asaltaron unos bellacos por el camino, señor —se disculpó Galileo—. De no ser por este trotamundos semianalfabeto —señaló a Valerio— que salió en nuestro auxilio, hubiéramos muerto con seguridad. ¿Podríais conseguirle algún empleo durante los festejos?

—¡Hale! ¿Otro más? Por pedir que no quede, ¿verdad? No os prometo nada. No doy abasto. Todo el mundo quiere encasquetarme a su primo. Pero ¿por quién me han tomado? ¡Que le vayan con la murga al duque! —Umberto Staffilococo zozobraba en un mar de responsabilidades—. Veré qué puedo hacer.

A continuación, estudió detenidamente a Caterina.

—Un poco crecidito el chaval, ¿no? —comentó con suspicacia—. El vizconde de Rímini me aseguró que el chiquillo apenas levantaba una cuarta del suelo.

—Y así era en Rímini —admitió Galileo—. Pero come como una lima. ¿Qué queréis? Le pierden los canelones. Pegó el estirón camino de Ferrara.

Al maestro de ceremonias le floreció en pleno rostro un campo de amapolas.

—¿Cómo el estirón? —balbuceó—. ¿Le ha cambiado la voz?

Caterina improvisó una tarantela. Un baile que, según decían los napolitanos, sanaba la picadura de las tarántulas. Al menos, lo que sí logró fue salvar a Staffilococo de un amago de infarto. El niño cantaba maravillosamente. Galileo se encogió de hombros.

—Forma parte del milagro.

Umberto le entregó un rollo con una partitura.

—Nada de improvisaciones ni florituras —la advertencia de su dedo índice pasó de Galileo a Caterina—. Y tú, niño, come menos y memoriza la letra hasta que sepas cantarla del revés.

—¿Quiere que la cantemos del revés?

—¡No! Quiero que la cantes tal y como está escrita. Del derecho. Y por más que te entre el gusanillo, no te comas ni media palabra. Al terminar la actuación te aproximas a la mesa del príncipe y, después de arrodillarte con una reverencia —Staffilococo hincó la rodilla en tierra y les enseñó la calva para ilustrarles el movimiento—, le ofreces el rollo con la partitura. El joven Lorenzino es un gran aficionado a la música y, sin duda, querrá conservar esta deliciosa composición en su honor. *Ay, dios mío.*

Uno de sus ayudantes cruzaba la explanada dando muestras de haber engullido un salpicón de langostinos en mal estado. Sin despedirse, el maestro corrió a su encuentro. Superada la crisis, Staffilococo los alegró con una segunda visita.

—A ver, le he conseguido un trabajo de copero al gigantón —se dirigió a Valerio—. Servirás en la mesa del duque. Como derrames una sola gota sobre el mantel, te corto esos orejones de elefante que tienes. ¿Me has oído bien o los llevas de adorno? Pues hala, sígueme.

Valerio lo siguió, en efecto, con intención de rebanarle la pelusa. Galileo lo pescó a tiempo por el codo.

—Valerio, ahora no eres Palmerín de Inglaterra —le susurró al oído—. Eres morralla y así van a tratarte. Nada de «voto a tal» ni «me las pagaréis, bergantes». Ahora toca «sí, señor», «gracias, señor» y «a sus pies, señor».

Valerio se agarró al brazo de Galileo, angustiado.

—No sé si podré.

—Sí, sí que podrás. No es tan difícil. A diario, millones de personas lo bordan. Echa un vistazo a tu alrededor y fíjate un poco.

Caterina apoyó su mano en el hombro del futuro duque de Pizzi.

—Tú tranquilo. Cuando hayamos terminado, te plantas el yelmo y la armadura, y vuelves a lavar con sangre todas las afrentas.

Este último comentario fue el que le dio ánimos para seguir adelante.

Staffilococo se impacientaba:

—A ver... ancas de rana, que no tenemos todo el día...

No volvieron a ver a Valerio hasta la noche, cuando regresó agotado por el esfuerzo de no cortar cabezas ni responder a las provocaciones.

A la luz de la media luna habían florecido sobre el césped de la explanada un centenar de tiendas de campaña. Un criado del aposentador de palacio se ocupaba de ir acomodando a los artistas. A los tres farsantes les asignaron la misma tienda. Galileo se disponía a entrar, cuando Caterina le cerró el paso.

—No pensarás que vamos a dormir los tres juntos aquí.

—Estamos en pleno febrero y ni los perros duermen al raso.

—Galileo, soy una dama. Y no vais a dormir conmigo.

—Caterina, somos seres humanos ¡y vamos a morirnos de frío!

Pero Caterina había pulsado la fibra sensible de Valerio. A Galileo le bastó un vistazo a su amigo para convencerse de que todas sus protestas serían inútiles.

—Está bien, Palmerín. Supongo que dormir abrazaditos, tampoco es de caballeros, ¿verdad?

A la mañana siguiente, se levantó tieso como una estaca de la tienda. A su lado, Valerio se desperezaba como si hubiera dormido en su cama con baldaquino.

—Tengo que andarme con cuidado —dijo deshaciendo su sonrisa con un bostezo—. Me estoy acostumbrando a dormir como las ratas.

Galileo se frotaba unas manos azules, que crujían como barritas de hielo.

—¡No voy a poder tocar ni una marcha fúnebre con estos dedos!

Una irritada Caterina se les unió, echando pestes contra la incomodidad de la tienda. Galileo pensó entonces que quizá, después de todo, aquella mujer no podía ser el amor de su vida. Dudas que ella logró disipar en cuanto le frotó las manos, ayudándole a entrar en calor.

En una de las carpas donde repartían pan, tazones de leche y frutas, hicieron amistad con un ventrílocuo. A través de Pagliaccelo, un grimoso muñeco de madera, se pusieron al corriente de los cotilleos de la Corte. Con el contrapunto de sus chirriantes articulaciones, Pagliaccelo les relató la enemistad entre el príncipe Lorenzino y su primo, el conde de Monterone, enfrentados por el amor de Gilda, la hermosísima hija del bufón favorito del duque.

En cuanto las campanas de palacio marcaron la hora tercia, Umberto Staffilococo puso en pie de guerra a todo el mundo. Galileo y Caterina se aplicaron en aprender a la perfección la letra y la melodía, compuesta por el *maestro di capella*: Giaches de Wert. Los carpinteros se disputaban la fuerza portentosa de Valerio para sacar adelante las labores más ingratas: levantar el tinglado de los escenarios, izar lámparas y hasta cambiar el cañón de piedra de una chimenea. Él aceptaba su papel de mula de carga con una docilidad engañosa, memorizando nombres y rostros, para su debido escarmiento en cuanto concluyera la farsa.

En la pausa del almuerzo, se reunió aparte con Caterina y Galileo en un banco de las cocinas.

—Andrea Maffei está aquí —les informó a media voz, consternado—. ¡He tenido que servirle unos bizcochitos de almendra y una copa de moscatel!

—¿Y puede saberse quién es Andrea Maffei? —Caterina frunció el ceño.

—Es el secretario de mi tío Orsino.

Los tres compartieron una misma sospecha.

—¿Te ha reconocido? —le preguntó Caterina.

—¡Ni yo mismo me reconozco cuando cruzo la Sala de los Espejos! —replicó Valerio quejumbroso.

Galileo asintió satisfecho:

—Daría una muela picada por averiguar si ese Maffei ha hecho algún viajecito a Verona últimamente. Eso lo situaría en los tres escenarios donde Bombastus ha estado haciendo de las suyas. ¿Se sienta a la mesa del príncipe?

—¿Un secretario? —Valerio se escandalizó—. Suerte tendrá si en la sala donde van a plantarlo le llega el eco de los músicos.

—Bien… Pues ya sé cómo vamos a prevenir al príncipe… —Galileo esbozó una sonrisa misteriosa.

—¿Son imprescindibles esas pausas interminables con las que intentas hacerte el interesante? —bufó Caterina.

—En lugar de esa letrilla que no rima ni con cola, le entregarás un papel donde le advertiremos con pelos y señales del peligro que corre.

Los tres conspiradores se despidieron de acuerdo.

Con la caída de la tarde se prendieron en el palacio las velas y las antorchas. La muralla quedó recortada en la oscuridad, como si un lápiz de fuego trasladase al cartón de la noche su silueta con un millar de puntitos luminosos. El sol de Guglielmo Gonzaga, duque de Mantua, se concentraba en la galería de la Mostra, donde se celebraba el banquete. Los artistas que amenizarían la velada aguardaban su turno hacinados en una pequeña antecámara. Umberto Staffilococo distribuía los tiempos con mano férrea. Los que terminaban corrían a las cocinas a ver si pescaban las sobras de la comilona, mientras los demás distraían los nervios ensayando o gastando bromas.

Las antorchas de los malabaristas ejecutaban sus piruetas de fuego sobre los sombreros, chamuscando plumas y penachos. Una confusión de canciones y poemas épicos en honor de los Gonzaga se disputaban cada átomo del aire. El desorden y la expectación solo se veían interrumpidos en ocasiones por una salva de aplausos.

—Parece que esta noche tenemos buen público —se animaban unos a otros.

Galileo y Caterina paseaban arriba y abajo haciendo molinetes con los brazos, tratando de acostumbrarse a los incómodos vestidos que les habían asignado. De vez en cuando, Galileo se reunía con los curiosos que alzaban la esquina de un tapiz para espiar a los comensales. La distancia y el capricho de las bujías, que repartían su juego de luces y sombras, le hicieron dudar si realmente había reconocido la estampa de Ficcanaso Arnesi.

Mientras se dejaba la vista en el empeño, rumiaba para sus adentros que un médico de su prestigio tampoco podía ser el completo inútil que había quedado en ridículo junto a la cama de Giovanni. ¿Y si su estupidez no fuera sino el brillante disfraz de un asesino?

Staffilococo, que llevaba hora y media a punto de caer desmayado por el estrés, lo arrancó de sus pensamientos, haciéndoles señas enérgicas tanto a él como a Caterina de que lo siguieran.

Los introdujo en una sala caldeada por la satisfacción de una cena inagotable y un atracón de espectáculos. Los criados revoloteaban en torno a las mesas, esquivando perros, enanos y bufones, cuidándose de que jamás quedara una copa vacía sobre la larga autopista de los manteles. La Corte de los Gonzaga recibió a los recién llegados con un aleteo perezoso de murmullos.

El maestro de ceremonias anunció:

—Matteo Borsa y Niccolino, el Pequeño Milagro: una velada florentina.

Otros hubieran cedido al asedio de los nervios. Galileo y Caterina estaban hechos de una pasta bien distinta. Saludaron ceremoniosamente y, después de intercambiar una señal para sincronizarse, atacaron la melodía de Giaches de Wert. Por supuesto, ambos desoyeron las instrucciones de Staffilococo. Galileo se permitió una atrevida sucesión de florituras con el único objeto de lucirse y Caterina acomodó la letra y la rima según le vino en gana.

La pelusa del maestro de ceremonias retrocedía con espanto ante cada atrevimiento, hasta quedar agazapada detrás de la coronilla, a punto de escurrírsele por el cuello de la camisa. Con el puño en alto, amenazaba con estrangularlos en cuanto pusieran un pie fuera de la sala. Una sentencia que se apresuró a modificar después de que la actuación se cerrara con una ovación.

Sin saberlo, Caterina y Galileo disfrutaban su último instante de perfecta complicidad y armonía. Mientras recorría con la vista el auditorio abarrotado de grandes personalidades, Galileo se preguntó qué hubieran sentido Matteo Borsa y su Pequeño Milagro de estar allí, y apenas tuvo

tiempo de sorprenderse ante el nacimiento de un nuevo talento: el de hacer realidad sus ensoñaciones, porque, en efecto, Borsa y Niccolino irrumpían en ese momento por un extremo de la galería de la Mostra.

Galileo buscó a Caterina, que ya alcanzaba la mesa del príncipe para entregarle el pergamino con la advertencia. Valerio observaba de cerca la jugada, sirviendo una copa al embajador de Florencia. Borsa los señalaba a Staffilococo. La atención de Galileo se centró en sus labios, las puntas de su bigote vibraban de ira al pronunciar una y otra vez la misma palabra: «Farsantes, farsantes, *farsaaantes*». Hasta Niccolino agotaba las fuerzas de sus pulmoncitos. Salvo algún caso de sordera galopante, la sala entera ya tendría que estar al tanto de las buenas noticias.

Y sin embargo, al volverse en redondo, Galileo descubrió que todas las miradas convergían en el príncipe Lorenzino, que se había derrumbado sobre la mesa, fulminado por el dolor. Dos escanciadores se precipitaban sobre él y lo incorporaban. Con una toalla empapada le limpiaron la cara, que se había cubierto de mostaza al desplomarse sobre una salsera. Mientras se aproximaba con esa urgencia a cámara lenta propia de las pesadillas, Galileo vio surgir en el rostro del joven los caracteres espectrales que habían marcado la cara de Giovanni Gonfiori:

☓ Alrim Pigel Ieree Rbola Igocal ☓

Con estupor, tradujo sobre la marcha: «Cobre. Galileo Galilei. Primera».

Capítulo séptimo

En el amor y en la guerra

Valerio agarró a Galileo de una manga y lo sacó en volandas del círculo de curiosos que se arremolinaba alrededor del cuerpo sin vida de Lorenzino.

—Mejor te lo piensas por el camino —le apremió.

En la galería de la Mostra había estallado una confusión endiablada. Los platos y las copas saltaban por los aires, salpicando los manteles de vino y salsa de liebre. Los asientos se volcaban con estrépito, los galgos ladraban pisoteados por sus amos... Había invitados que exigían explicaciones, otros pedían auxilio, y, por si acaso, todos repartían empujones a diestro y siniestro. A unos les daba por huir, a otros por gritar a lo loco... Los criados, mientras tanto, aprovechaban la distracción del maestresala para saborear pasteles o algún vino exquisito.

Entre tantas iniciativas destacaba la de Umberto Staffilococo, al mando de una partida de soldados lombardos. ¿Su objetivo? Dar caza a los asesinos: el gigantón que había servido al príncipe una copa envenenada y —estaba convencido de ello— sus dos cómplices, los falsos músicos.

Galileo, aturdido, se las apañaba como podía para seguir el paso de Valerio y Caterina, al tiempo que trataba de distinguir en mitad del barullo a Ficcanaso o al secretario de Orsino. Le hubiera sido más fácil tropezar con un trébol de cuatro hojas en el desierto. Fuera de la galería, el palacio los desconcertó con un laberinto de salas desconocidas, de puertas, pasillos y correderas inesperadas. La ventaja era de sus perseguidores, que conocían a fondo el terreno. No tardaron en darse de bruces contra la guarnición de palacio.

Iban armados hasta los dientes.

—¿Alguna idea, Galileo? —masculló Valerio, que tenía una fe ciega en el ingenio de su amigo y tampoco quería meter la pata.

—¿Os parece bien que nos rindamos y supliquemos perdón de rodillas?

—¿Y perdernos toda la diversión? —Valerio respiró hondo y, extasiado ante la vista del enemigo, como un pintor ante una puesta de sol, exclamó—: ¡JAMÁS!

Ahora sabía a la perfección lo que tenía que hacer: después de dos días de humillaciones le estaban sirviendo en bandeja la oportunidad de desquitarse. A derecha e izquierda, las paredes le ofrecían una amplia colección de armas. Descartó mazas y ballestas, para escoger un escudo y un mandoble de cruzado. Su mirada azul pasó revista a los veinte soldados que le enfrentaban, bien abrigados con sus guantes de acero y sus cotas de malla.

Asintió satisfecho:

—Ahora estamos iguales...

Antes de darles tan siquiera tiempo a parpadear, Valerio saltó sobre ellos como una pantera. Su grito de guerra los aturdió, su espada los aplastó.

Se hacía raro ver a un hombre que se batía contra veinte y comprobar que eran los veinte quienes estaban en franca desventaja. Valerio enlazaba una estocada con la siguiente con la elegancia de un calígrafo ligando letras góticas. Cada sílaba, cada acento, era un golpe terrible que partía un escudo, hendía un casco y dejaba a un lombardo fuera de combate. Hasta sus adversarios perdían gran parte de su eficacia embobados ante el magnífico espectáculo de cómo los atacaba.

Galileo y Caterina estaban por sentarse en unos butacones a disfrutar tranquilamente de la fiesta, cuando de pronto les llegó el rumor de una segunda patrulla. A su espalda se abría un nuevo frente. Galileo imitó el salto felino de Valerio y, después de forcejear un poco con las escarpias de la pared, desencajó un sable turco que casi le sacaba una cabeza.

—Ahora estamos iguales... —exclamó copiando el vozarrón despreocupado de su amigo.

Pese a su expresión feroz y confiada, nada más empuñar aquel armatoste se dio cuenta de que no tenía ni la más remota idea de cómo manejarlo. Tocaba echarse un farol...

—¿Qué os parece la zurra que están recibiendo vuestros amigos? —se pavoneó—. Solo me apiadaré de vosotros si os rendís de inmediato.

—Galileo...

—Ahora no, Caterina.

—No saben de qué les hablas. Valerio se ha esfumado.

—¿Mmm?

Sin descuidar su sonrisa de fanfarrón, Galileo echó un vistazo rápido por encima del hombro. ¡En efecto! Llevado por el entusiasmo, Valerio había desaparecido corredor adelante tras la guardia diezmada. Y al devolver la vista al frente, se encontró con treinta soldados lombardos que le observaban apretando una carcajada entre los dientes.

Galileo se puso en guardia.

—Caterina...

—¿Sí?

—¡¡¡Corre!!!

Los dos volaron como bengalas. Motivación no les faltaba: el bramido de una jauría de soldados les pisaba los talones.

—Pero dónde se habrá metido este hombre...

—¡Galileo!

Cuando se dio la vuelta sorprendió a Caterina, que había dado un traspié, caída en el suelo. Un alabardero la agarraba del brazo, para impedir que se levantara. El joven ensayó el rescate. Dos soldados le cortaron el paso.

—¡¡Galileo!!

Entre los guardias se había colado Niccolino. Descontento quizá con la interpretación de su doble, la emprendió a patadas con ella.

—¡Galileo!

Galileo arriesgó una estocada. Sin esfuerzo lo desarmaron. Dos espadas le saltaron al cuerpo y no lo ensartaron de milagro. Aun así, el joven no se amedrentó. Arrancó un tapiz de la pared y lo arrojó sobre uno de sus contrincantes. Se deshizo del otro, lanzándole un busto de mármol del duque que pesaba una tonelada.

Cuando su mirada barrió el pasillo en busca de Caterina, tropezó con un puñado de soldados, que tomaban el relevo de sus compañeros. Galileo era un hombre desarmado frente a media docena. Le quedaban dos alternativas, a cual más dolorosa: salir por piernas o que lo ensartaran seis filos de acero. Su mente lógica no vaciló en darle la respuesta más razonable: muerto no le serviría de nada a Caterina. Ahora no le quedaba otra opción que tragarse el orgullo y echar a correr.

Lo hizo a regañadientes y, al mismo tiempo, con todas sus fuerzas.

Con la distancia menguaba la voz de Caterina, que sin embargo latía en sus sienes cada vez con mayor intensidad.

—¡Galileo!... —el desamparo empujó a Caterina a cambiar de invocación—. ¡¡Valerio!!

A los diez segundos de que el nombre reverberase en las paredes del corredor, una vidriera estalló con una lluvia de cristalitos coloreados. Los arrastraba una carga peor que la dinamita. Los soldados probaron la furia caballeresca de Valerio. A fuerza de mandoblazos, les arrancó las ganas de empuñar una espada en lo que les restaba de vida.

Aprovechando la distracción, a Galileo no le costó zafarse de sus perseguidores y confundirse en el desorden que reinaba en el palacio. La sensación de peligro no hacía más que avivar sus remordimientos: había dejado a Caterina en la estacada.

Un relinchar de caballos llamó su atención y devolvió su inteligencia al terreno de juego. No podía quedarse allí pasmado. A trompicones acertó con el camino de las cuadras, donde un palafrenero se dejaba la voz intentando calmar a los animales. Aguijoneados por el jaleo y el griterío, una decena de caballos boloñeses, jerezanos y portugueses tiraban coces, relinchaban y se encabritaban, haciendo que la cuadra se estremeciera como una caja de zapatos con cien ratones dentro.

—Rápido, amigo —urgió Galileo al palafrenero—. El caballo del príncipe...

—¿Qué sucede?

—¿Sois sordo? ¿No os habéis enterado? ¿ES ESTE? Galileo señaló al único caballo que se apartaba con altivez de la histeria de los demás. Era una soberbia yegua árabe, con la piel de porcelana y unos ojos suaves y negros como dos cantos de ébano.

—¿Qué hacéis? ¿Adónde vais con Magnolia?

Las respuestas se anticipaban a las preguntas. Galileo había montado ya de un salto y se dirigía hacia la salida.

—Lejos de aquí. Antes de que se hunda el castillo. Y si os gustan los consejos, os regalo este: imitadme.

Y para dar ejemplo, picó espuelas.

La guardia de la entrada había abandonado su puesto para atender las voces de alarma, pero Galileo no se llamó a engaño: la ciudad de Mantua era una ratonera. Un reguero de antorchas extinguía ya la oscuridad nocturna, a medida que los barrios vecinos despertaban al terremoto que sacudía el palacio. Tal estridencia escapaba de sus ventanas, que daba la impresión de que era el propio edificio quien pedía socorro. Ni un encantador de serpientes convencería a los centinelas que guardaban la muralla de que lo dejaran salir. Y tampoco podría persuadirlos a base de fuerza bruta: una vez más, tendría que recurrir a la astucia como premio de consolación por su incompetencia guerrera.

Galileo se aproximó a la *Porta della Predela* y se amparó en la oscuridad bajo las ramas de una higuera. Apenas tuvo que aguardar unos minutos. Un caballo derrapó al doblar la esquina de la calle, dejando un rastro de fuegos fatuos sobre los adoquines. Lo montaba Valerio, con Caterina en la grupa. El joven Pizzi irrumpió en la placita como la flecha de un arquero, directo hacia la diana de los centinelas. De nuevo resolvió lo imposible con una insultante facilidad. Los guardias rodaron por el suelo desarmados, la puerta inexpugnable quedó abierta de par en par y, a su rebufo, Galileo salió de Mantua.

Magnolia alcanzó al potro que jadeaba bajo el peso de Valerio y Caterina sin siquiera despeinarse la crin. Con un gesto atormentado, Galileo trató de atraer la atención de la muchacha. Ella cerró los ojos ante su muda disculpa y volvió la cara.

En realidad Caterina no se abrazaba a Valerio para evitar una caída o huir de los esbirros del duque de Mantua. Sus brazos se aferraban al bien más preciado, cuya existencia había intuido vagamente en un cuartucho de estudiante y que acababa de reconocer, más allá de toda duda, en un corredor del palacio de los Gonzaga.

Galileo tiró de la brida y Magnolia mordió el freno, hasta quedar inmóvil y dejarle contemplar cómo la oscuridad embarcaba a sus amigos en un viaje que ya no le incumbía.

A su espalda crecía el escándalo de sus perseguidores.

¿Adónde huir?

Lo más inteligente hubiera sido correr a esconderse. Esperar a que pasara el chaparrón y se aclarasen las cosas. De todos los lugares del mundo Pisa parecía, después de Mantua, el menos recomendable. Allí lo podrían reconocer hasta los mendigos. Y en las líneas de la mano llevaba escrita una terrible advertencia:

«La muerte os buscará en una fiesta de Mantua y os encontrará, como un paria, en las calles de Pisa».

Por eso Galileo, abrumado por la culpa y la vergüenza, espoleó a Magnolia camino de la ciudad de la Torre Inclinada, al encuentro de su perdición.

Y tal vez, ya qué más daba, de la misma muerte.

Capítulo octavo

Galileo envenenado

Su Alteza Guglielmo I, duque de Mantua, entendía de caballos: Magnolia volaba más rápido que una bala de mosquete. Incluso un jinete discreto como Galileo dejó atrás a sus perseguidores sin otra preocupación que no caerse de la silla de montar. Al avistar contra el horizonte el ladrillo naranja de las casas-torre de Pisa, desmontó. Con aire distraído acarició la testuz de Magnolia y le entregó las bridas a un niño que jugaba a los caballeros, a horcajadas sobre el cercado de un corral. La yegua le vendría de perlas al pequeño si de verdad quería meterse en su papel, pensó.

Una vez franqueada la muralla, buscó el bullicio de la ciudad vieja. No estaba dispuesto a esconderse. Si querían prenderlo, se lo pondría fácil. Allí lo tenían. Paseó su ceño desafiante entre puestos ambulantes, charlatanes y buhoneros que iban a lo suyo. De tanto buscar los ojos de todo el mundo como un gallo de pelea, reparó en un hombre que lo seguía a todas partes y al que faltaba una oreja.

¿Sería un agente del duque que finalmente lo había alcanzado? Porque para ser la muerte en persona le faltaban gracia y salero a toneladas.

Galileo no estaba de humor para jugar al escondite inglés con espías de medio pelo.

—Eh, tú...

El fulano optó primero por hacerse el loco, como si su única oreja le valiera lo mismo que ninguna. Ante la insistencia del joven, puso pies en polvorosa.

—¡Eh! ¡Que des la cara!

Galileo salió al galope tras él. El desorejado corría menos que Magnolia, desde luego, pero las piernas del estudiante acumulaban ya demasiadas horas de vuelo y no estaban para muchos trotes.

Desfallecido, se detuvo en la terracita de la primera bodega de la *Piazza delle Vettovaglie* y, sin dirigir tan siquiera una mirada al mozo, pidió un jarro de *chianti*. Sentado en la calle saboreó el vino, enfurruñado y altivo, aguardando a que se presentara la muerte. Se estiró bien la casaca del traje de fiesta. Por lo menos, que no dijeran que la recibía como un paria.

En la fachada de enfrente, un perro con el pelaje oscuro, como teñido con zumo de zarzamora, se había asomado a una ventana y mordisqueaba las cintas del pelo de una vieja que hilaba en una rueca. Era la imagen que se reflejaba en la retina de Galileo, pero dentro de su cabeza asistía a una película muy distinta que él mismo se ocupaba de interpretar, dirigir y proyectar. Entre los fotogramas saltaban Caterina y Valerio, la muerte de Lorenzino, los símbolos del arsénico que habían ensuciado su frente, la esquiva presencia de Ficcanaso, el secretario de Orsino en una remota mesa del banquete, Caterina aferrada a Valerio sobre la grupa del caballo, Caterina... Como ruido de fondo, siempre presente, la frustración de no comprender dónde encajaba Nicodemus Bombastus dentro del argumento.

Galileo se desentendía del hambre, la sed y el sueño cada vez que su cerebro se perdía haciendo malabarismos con las ideas. Una punzada agudísima, sin embargo, como si le acuchillaran el vientre, logró arrancarlo de su ensimismamiento. Instintivamente, se abrazó las rodillas. El dolor hizo que fijara su atención en la mirada traviesa del perro color de mora, en los rizos del ama, en el vértigo de la rueca. En la boca ya no sentía el sabor del vino, sino una espuma densa que le estorbaba la lengua.

Galileo observó la jarra de la que había estado bebiendo y, sin saber por qué, le asaltó la imagen del hombre con una sola oreja.

Se levantó con esfuerzo, volcando el taburete. Un cliente de la bodega alzó la vista y volvió a lo suyo. A su alrededor no se veía ni rastro del mozo que le había servido. El estómago protestaba como si unas uñas lo pellizcasen por dentro.

«Esto tiene muy mala pinta...», pensó.

Solo una mujer atendía en la calle. Reclamó su atención con un aspaviento.

—¿Dónde está el hombre que te ayudaba a servir las mesas?

—Ya me gustaría a mí, señor, que alguien me echara una mano —la mujer reparó en la jarra sobre la mesa y torció el gesto—. Aquí no se puede traer bebida, ¿eh?

—¿Perdón?

—Que esa jarra no es nuestra. Si se quiere sentar a beber aquí, tendrá que ser de nuestro vino. Y si prefiere ese, ¡bébaselo en su casa!

«Pero que muy mala pinta...».

Galileo rehuyó la discusión. Se apartó, sujetándose con una mano la boca del estómago, y respiró hondo.

—Vale, Galileo, vale. Que no cunda el pánico. No te autosugestiones. Nadie te está envenenando. Solo faltaba eso.

Pero el estómago tenía clarísimo que aquel suplicio no era ningún capricho de la imaginación. Su primer impulso fue correr al hospital de Santa Chiara, pero había asistido en demasiadas ocasiones a la impotencia de los médicos para buscar allí un remedio. No. Lo mejor sería...

Oteó a su alrededor con la expresión de confusión que tantas veces había sorprendido en el rostro de los demás (Valerio las bordaba, sin ir más lejos).-Sintió una vulnerabilidad nueva. Las ideas siempre habían acudido a su llamada como el halcón al guante del cetrero. Ante el silencio de su inteligencia, el miedo fue ganando terreno.

La voz de Ugolino aleteó en su oído como un ala de cuervo:

La muerte os buscará en una fiesta de Mantua...

Recordó la agonía en el rostro de Giovanni, mientras se aferraba a las sábanas, la cara cubierta de mostaza de Lorenzino.

¿Nunca os habéis detenido a observar la palma de vuestra mano?

Le costaba tragar. La garganta le dolía como si se le hubiera atragantado un erizo. No era posible que aquello le estuviera sucediendo a él.

¡Estáis ciego!

Los ojos se le humedecieron de lágrimas. Le trastornó el hecho de que en la plaza solo lo rodearan extraños. ¿Tendría razón Caterina?

El gentilhombre de Verona había señalado a Giovanni; el tío de Valerio, al príncipe Lorenzino; el hijo de los Gonzaga, a Galileo. ¿Qué explicación racional daba cuenta de todo aquello? ¿Qué podía tener Orsino contra él? ¿Y Ficcanaso? ¿Qué relación secreta emparentaba a esas cuatro víctimas que ni siquiera se conocían entre sí? ¿Qué propósito podía haber en matarlos sucesivamente, al margen de la arbitraria venganza de un nigromante?

La frente le ardía. ¿Cuánto tardaría la mano diabólica de Bombastus en grabar allí el nombre del próximo eslabón de la cadena?

Solo crees en lo que puedes ver.

Pues ya lo estaba viendo. El ridículo fantasma, el asesino sobrenatural hecho carbonilla, resurgía de las cenizas para consumirlo, tal y como había anunciado el príncipe al morir, como había leído Ugolino en su mano. Se alzaba el telón sobre un universo regido por el absurdo, la superstición, el vacío... Donde la razón naufragaba. Donde el miedo ahogaba el deseo de comprender.

«Oro. Giovanni Gonfiori. Capricornio».

Su mente se asfixiaba. Un terror irracional lo dominó, arrastrándolo a buscar la compañía del sol y de la multitud.

«Plata. *Il Volpone.* Virgo».

Lo estremeció una ráfaga de escalofríos. Escondió los puños bajo las axilas, pero no le quedaba calor en el cuerpo. Se sentía frágil, como si el mínimo roce de un desconocido bastara para reducirlo a añicos.

«Cobre. Galileo Galilei. Primera».

El oro era el Sol. La plata, la Luna. El cobre, Venus. La antigua relación alquimista entre los metales y los planetas. El Sol en Capricornio, la Luna en la constelación de Virgo, Venus en la Primera Casa... ¡Se trataba de un horós-

copo! ¿Cómo no había caído antes? Señalaba las posiciones de los astros el día del nacimiento de Nicodemus Bombastus. Era la firma del nigromante, que conjuraba a los planetas como testigos de su venganza.

El dolor empezó a batir sus sentidos, confundiendo imágenes, sabores y estridencias de la calle: el rostro curioso de una vendedora de huevos que se cruzaba con él, el chirrido del eje de un carro, el tufo que desprendía una jaula de gallinas...

Pero una pauta organizaba rítmicamente el tumulto: «cloc, cloc, cloc». De nuevo, unos pasos lo seguían. Esta vez reconoció el cortejo de la muerte, que aguardaba pacientemente a que el veneno lo arrojara en sus brazos.

Un espasmo lo dobló por la cintura. Vomitó junto al tablero de un puesto de verduras. No experimentó ningún alivio.

—¡Eh, pero qué haces! ¡Largo de aquí, hombre!

Deseó que terminara pronto. Echó de menos el abrigo de su cama, el calor de sus mantas raídas y viejas, sus libros, los dibujos que hacía la escayola en el techo de su pequeño cuarto. La compañía de alguien que le estrechara la mano. La voz de sus padres.

...Y os encontrará, como un paria, en las calles de Pisa.

Un calambre en las pantorrillas lo tiró al suelo y cayó de rodillas sobre un charco. Una risa infantil retembló en el espejo del agua, sintió el calor del empedrado, el frío del barro en una mejilla. Se agarró a un poste de madera.

Trató de sujetarse con fuerza, pero el desorden de sus pensamientos giraba y giraba como una noria vertiginosa.

El radiante sol de la tarde infundía vida en las cuatro esquinas de la *Piazza delle Vettovaglie*, donde Galileo era el único que caía abatido por una tormenta de nieve. ¿O no eran de hielo los copos que solo él veía bailar en el viento?

No. Entornó los párpados y descubrió que se trataba de una lluvia finísima de piececitas. Miles y miles de fragmentos de un puzle sin sentido.

¿Sin sentido?

Galileo apretó las manos contra el poste hasta arañarse con las astillas de la madera. Mientras su cuerpo herido de muerte se escurría sobre el charco, la mente del hombre más inteligente del mundo se puso en pie, en un arrebato de rebeldía. Alzó la mano en mitad de la tormenta de piezas que lo azotaban y, como al conjuro de un mago, detuvo el caos que se agitaba en ellas, quedaron suspendidas en el aire, igual que si hubiera parado el tiempo. Galileo las observó. Su desorden era una mentira.

Cerró el puño.

Un fogonazo incendió la oscuridad. Un rayo de comprensión galvanizó las piezas del puzle y las sometió una a una, obligándolas a ordenarse delante de sus ojos. Súbitamente, todo adquirió sentido. Durante unos instantes la fuerza de la revelación venció al imperio del miedo y a la voracidad del arsénico.

Descubrió que, una vez más, él tenía razón y los demás estaban equivocados.

Y vio aquello que nadie más había sabido ver. Supo quién había matado al gentilhombre de Verona, a Giovanni Gonfiori y al príncipe Gonzaga. Supo también quién lo estaba matando a él ahora. Y supo por qué. Descubrió el argumento del drama que relacionaba las tres muertes. Y de quién era el dedo invisible que llamaba a la muerte en la frente de los moribundos.

Y vio que el verdadero rostro del mundo no estaba hecho de supersticiones, sino de un orden esquivo que solo a algunos les era dado comprender.

Y supo también que para él ya era demasiado tarde. Sus manos resbalaron sobre el poste y estuvo a punto de desvanecerse. La muerte aguardaba, inmóvil, a la espalda de Galileo. «Si no haces algo, morirás».

Se hallaba a la entrada del taller de un orfebre. Sin reparar en su presencia, dos artesanos, Donato y Filippo, discutían acaloradamente sobre el diseño de un salero de plata. El primero había elaborado un modelo en arcilla, con Posidón (el recipiente de la sal) y su esposa Anfítrite (el pimentero) acomodados frente a frente sobre un asiento de olas.

—Ese Posidón parece un centollo —sentenció Filippo—. Y su mujer, una raspa de sardina.

—¿Ah, sí? —bufó Donato—. Pues fíjate que yo no les encuentro ningún parecido con tu padre ni con tu hermana...

El orfebre se interrumpió. Aunque las figuras que había diseñado no convencieran a su amigo Filippo, sin duda, a otros les encantaban... hasta el punto de comérselas. Un joven había entrado a hurtadillas, reptando desde la calle, y se estaba merendando el Posidón de arcilla. Los dos artesanos permanecieron unos segundos sin pestañear, hasta asegurarse de que aquello estaba sucediendo realmente. Su primer impulso fue tratar de evitarlo. ¡Demasiado tarde! El Posidón había volado y de la ninfa del mar no quedaban ya ni las migajas. Donato se decidió, por fin, a intervenir:

—¡LO MATO!

Pero la verdad, saltaba a la vista que aquel joven se las apañaba muy bien para morirse sin ayuda de nadie.

Entonces Filippo reparó en un hombre con una sola oreja, parado en el umbral de la tienda. En su rostro llevaba la marca de una mala intención. Los orfebres dieron un paso hacia él... En su precipitada huida, el desorejado dejó caer un pequeño objeto, del tamaño de una espátula de pintor.

Galileo lo reconoció al instante: allí estaba la última pieza del puzle.

La contempló con el orgullo del arqueólogo que desentierra el último pedazo de un ánfora de terracota.

Era una pena acabar así, pero...

—Al menos ahora sé que tengo razón —musitó.

La sonrisa se le desfiguró en un rictus de agonía.

Cerró los ojos.

Y a continuación, se dejó morir.

CAPÍTULO NOVENO

Lo que nadie supo ver

—Yo lo veo mejor...

—Por supuesto que está mejor. No fastidies. Después de muerto, o de haberse hecho a la idea de que lo estaba, resultaba un verdadero fastidio tener que volver a la vida. Se hacía bastante más duro que despertar de una siesta cabezona en pleno agosto. Al fin, Galileo se animó a despegar los párpados.

Caterina lo observaba muerta de preocupación. Valerio también. Ambos aliviaban su angustia apretándose la mano.

—¿Cómo te sientes? —la joven mantenía su disfraz de Pequeño Milagro. Sus ojos de aguamarina lo arrastraron de vuelta a la playa de los vivos.

A Galileo, la voz le salió lenta y pastosa:

—Como si me hubieran envenenado... y de postre... me hubiera comido un kilo de barro —observó a su alrededor, desorientado—. ¿Dónde estoy?

—ESTAMOS —precisó Caterina—. En los calabozos de la magistratura de Pisa. A nosotros nos detuvieron camino de Padua. Cogimos un potro medio asfixiado que no podía ni con su alma. Y menos, con la de Valerio encima.

—Nadie es perfecto —Galileo hizo una mueca.

—Llevan interrogándonos un par de días, pero no hemos soltado prenda. Ni siquiera se han enterado de que soy una chica.

—Ya te dije yo... que lo difícil... era hacerte pasar por una mujer.

—Nos has dado un susto de muerte.

—Pues yo os veo muy vivos...

Caterina sonrió. Se soltó de Valerio para asirle la mano. Galileo quiso rechazarla, pero le faltaron las fuerzas. O a lo mejor, lo que le faltaron fueron las ganas.

—Los guardias nos contaron que te habían envenenado. Nadie entiende cómo has logrado sobrevivir. Yo tengo mi propia teoría —le azuzó ella con suavidad—: dicen que las víboras son inmunes al veneno.

—De todos modos, seguro que hiciste algo —Valerio ardía de impaciencia por escuchar un nuevo relato donde la agudeza de su amigo brillara en todo su esplendor.

El orgullo pintó la primera sonrisa en la segunda vida de Galileo.

—Por supuesto —suspiró Caterina, poniendo los ojos en blanco.

—Me di un atracón de arcilla... —y enmudeció, para mantener el suspense.

—No pienso mostrar asombro —refunfuñó ella— ni preguntarte veinte veces: ¿por qué Galileo? ¿Por qué te diste un atracón de arcilla?

Valerio se revolvió incómodo:

—Pues a mí sí que me gustaría saberlo. ¿Por qué hiciste algo así de repugnante?

—Desde tiempos de los griegos... se sabe que ciertos barros absorben los venenos de naturaleza metálica. La arcilla roja de la isla de Lemnos..., la legendaria *terra sigillata*..., se consideró durante siglos un antídoto universal... No sé qué tierras mezcló el artesano de la figurita que me zampé... —se encogió de hombros— no me quedaba otra. Parece que dio resultado.

—Hombre... Ya despertó el bello durmiente.

Un estruendo de herrajes, a su espalda, sofocó la conversación. Se corrieron tres cerrojos de plomo y asomó un funcionario de la magistratura escoltado por media decena de guardias, armados con lanzas, picas y arcabuces.

—Todavía está muy débil —protestó Valerio.

—Si le quedan fuerzas para estar de charleta, entonces le sobran para testificar. En pie. Los tres.

Galileo dejó que Valerio lo levantara por los hombros, aunque su hercúleo amigo tampoco podía moverse apenas: lo habían convertido en una figura de hierro a base de cadenas, cepos y grilletes.

Los condujeron hasta una pequeña dependencia donde vegetaban dos alguaciles y un escribano. Una puertecita se abrió y el magistrado Gaspare Sconforto hizo acto de presencia. Era un hombrecito menudo, de barbita entrecana, envejecido prematuramente de tanto escuchar testimonios de ladrones, asesinos y rufianes. Vestía una toga guarnecida con piel de zorro, a modo de talismán que avivase su astucia.

El magistrado no atendió a nadie hasta sentarse. Se movía despacio, vencido por la pereza de renovar el espectáculo de las miserias humanas. Desde luego el asunto aquel de los envenenadores prometía. Una vez hubo recogido los faldones de su toga sobre el forro de la butaca, cerró los ojos unos segundos, reuniendo ánimos antes de exponerse de nuevo a la maldad de las personas. Al abrirlos los clavó en Galileo. Alzó una aleta de la nariz: ya le llegaba el tufillo de los culpables.

—Así que por fin tenemos el terceto al completo.

Contuvo un suspiro: aquel muchacho presentaba peor pinta de lo que se esperaba.

«Demacrado, recién envenenado y cargado de cadenas, ¿quién no parece culpable?», pensó Galileo.

—Os enfrentáis a acusaciones de extrema gravedad. Cuentan además con el respaldo de ciudadanos de intachable reputación. Así que, os lo ruego, ponedme las cosas fáciles. Vuestros dos socios se han empeñado en mantener la boca cerrada. Espero encontrar en vos una actitud más razonable. Parecéis el cerebro del grupo.

Galileo pestañeó:

—De eso no os quepa duda.

Ciertamente Caterina y Valerio habían depositado en él todas sus esperanzas de salir de aquel embrollo.

A Galileo le costaba enfocar la mirada.

—¿Y bien?

—Si no me equivoco, lo que nos estamos jugando aquí es la horca —aventuró el joven.

El magistrado asintió con una simpática sonrisa:

—Ni más ni menos.

—Y si os facilito alguna información que valga la pena...

—No acostumbro a regatear con sinvergüenzas. Bastante tengo ya con los pescaderos de la *Piazza Cairoli*. Cadena perpetua en galeras. Es todo lo que voy a ofreceros. Y a estos dos, que se han negado a colaborar —señaló a Caterina y Valerio—: la horca.

LO QUE NADIE SUPO VER

—Me traen sin cuidado, señoría. El pescuezo de uno es lo primero.

—Me hago cargo. No me mantengáis en ascuas. ¿Cómo os declaráis?

—¿Qué puedo decir? Culpable.

—¿CÓMO? —Valerio a punto estuvo de volcar el banco donde lo habían sentado.

—Culpabilísimo —Galileo se disculpó ante sus amigos con una expresión pícara, al tiempo que se encogía de hombros—. Venga, muchachos, ¿de qué sirve seguir disimulando? Nos han pillado con las manos en la masa delante de toda la Corte de Mantua.

—¡Galileo!

—¡Lo mato! —Valerio estremeció su vestido de cadenas. Para calmarlo, los guardianes tuvieron que aplicarle en la sien el frío cañón de sus mosquetes.

Caterina y Valerio eran la viva imagen de la inocencia ultrajada. Gaspare Sconforto ni se inmutó.

—Entonces suscribís todos los cargos... —se limitó a subrayar.

—Palabra por palabra —asintió Galileo.

—¿Algo que añadir? Porque el reconocimiento de una culpa evidente no os salvará de la horca.

—Me salvará la historia que pienso contaros. Ya quisiera yo, señoría, colgarme esas medallas —Galileo señaló el expediente descomunal que manejaba Sconforto, que parecía en un tris de dislocarle la muñeca—. No me malinterpretéis, admito mi culpabilidad, pero no doy para tanto. Formamos parte de una red más amplia: una liga de envenenadores que extiende sus raíces malsanas por toda Italia.

Gaspare juntó las puntas de los dedos:

—No seáis tímido, seguid.

—La idea es de una sencillez que asusta. Todas las personas que fueron asesinadas incordiaban a alguien. Y a ese alguien le sobraba el dinero para asegurarles una muerte indigna, os lo garantizo. El problema es que las sospechas hubieran salpicado de inmediato al cupable. Su odio hacia las víctimas resultaba tan público y notorio que hasta sin pruebas hubiera acabado en manos del verdugo. La sociedad de envenenadores ofrecía a un exclusivo círculo de clientes una solución cara, pero práctica: maquillar los asesinatos para que parecieran sobrenaturales. Prefabricaron un culpable que ya estaba muerto: Nicodemus Bombastus, al que nadie, por tanto, podría pedir cuentas.

Galileo hizo una pausa prolongada. Esta vez no pretendía llamar la atención. Sencillamente, no le quedaba más saliva en la boca ni fuerzas con las que empujar la lengua. El relato se había vuelto demasiado interesante para interrumpirlo en ese punto. Sconforto susurró algo en la oreja del escribano y le trajeron una jarra de agua.

El magistrado le concedió una tregua de exactamente quince sorbos. Después rebuscó entre sus legajos y volvió a la carga:

—El alguacil que redacta estos informes puede pecar de muchos defectos, pero jamás le detecté una pizca de fantasía. Dice que en la frente de las víctimas surgía, como por arte de magia, un mensaje escrito en una lengua diabólica. Cuesta creerlo...

—Pero os sobran testigos ilustres que lo confirman. El meollo del asunto estaba en establecer una falsa relación entre las víctimas, una cortina de humo que descartara de inmediato a los obvios instigadores de cada asesinato en particular. Por eso divulgaron en Pisa, Mantua y Verona el rumor de que un oscuro nigromante, muerto en la hoguera, había prometido vengarse de media Italia. A la gente le encantan los cuentos de viejas. Pronto corrieron de mano en mano unos pliegos con todos los detalles de la historia. En ellos se hacía particular hincapié en la firma del asesino: el símbolo del arsénico. Por si acaso alguien no se enteraba o no creía en fantasmas, se sacaron de la manga los mensajitos en la frente...

»Por un lado, confirmaban la naturaleza diabólica del crimen con su escritura sobrenatural. Por otro, encerraban advertencias en clave. En ellas, cada víctima señalaba a la siguiente. Juntas componían el horóscopo con la fecha de nacimiento del nigromante. De surgir complicaciones, hubieran divulgado la clave en un nuevo pliego, y saltaría a la vista de todo el mundo la relación entre las muertes. Junto a la firma explícita de su autor: Nicodemus Bombastus.

—Fascinante. Sigo sin comprender cómo se escribían los mensajes por arte de magia.

—Con esto, señoría.

Galileo se sacó del bolsillo el inesperado regalo que el hombre con una sola oreja le había hecho en la entrada de la orfebrería. Un oficial examinó el objeto y, después de asegurarse de que no escondía ninguna trampa mortal, se lo alcanzó a Gaspare.

—Es un sello —reconoció este.

—Exacto. Pero en lugar de con tinta se imprime con ácido. Un ácido no muy fuerte. En un descuido se aprieta contra la piel de la víctima. ¿No habéis jugado nunca con la tinta secreta del jugo del limón, que brota en el papel al calor de una vela? Esto funciona igual: se activa con el calor de la fiebre.

—Ingenioso.

—¿Verdad? El asesinato de Verona lo pagó una familia rival: los Mercuzio, el de Giovanni, su hermano Orsino, y el del príncipe Lorenzino, su celoso primo el conde de Monterone.

El magistrado Gaspare Sconforto se mordisqueó la cara interna de una mejilla, como si mascullara: «mentiras, mentiras, mentiras...». Desde luego, no daba la bienvenida a una relación de culpables de tanto renombre.

—Esas son acusaciones muy serias.

—Las vuestras también, señoría.

—Os hacéis cargo de que vuestra palabra no vale un pimiento frente al honor de los caballeros que acabáis de mencionar.

—Por supuesto. Por eso pienso proporcionaros pruebas que os cuenten la misma historia, pero con otra lengua menos mentirosa que la mía.

—¿Y estos quiénes son? —el magistrado señaló a Valerio y Caterina, que dividían sus energías entre la incredulidad y un profundo resentimiento.

—Mis patéticos ayudantes. Os han mentido acerca de sus nombres. Y en cuanto a su sexo. El jovencito es en realidad la hija de un comerciante de lana, Caterina Scarpaci, y el gigantón no es otro que Valerio Gonfiori, el sobrino de uno de los asesinados. Con solo chasquear los dedos, envenenarían el agua que estáis a punto de beber.

Por si acaso, Sconforto devolvió el vaso a su sitio, intacto.

—Ardo en deseos de terminar con este interrogatorio. Por favor, no me tengáis más en vilo. ¿Quién es el verdadero responsable de esta odiosa función?

Galileo no pudo evitar una de sus pausas melodramáticas.

—¿Necesitáis más agua? —se impacientó el juez.

—No, muchas gracias. Es alguien que goza de cierta popularidad aquí, en nuestra entrañable ciudad de Pisa. No sé si habéis oído hablar de Ugolino, del hospital de Santa Chiara.

—Trato de no frecuentar los hospitales.

—Si os tentó la idea alguna vez, ahora la desterraréis definitivamente. Durante meses llevan padeciendo en Santa Chiara una misteriosa epidemia de intoxicaciones alimentarias. En realidad, todas se deben a la mano maestra de Ugolino, que utiliza a los pacientes como conejillos de indias. ¿Su objetivo? Aprender a suministrar la dosis justa de arsénico para eliminar a cada persona.

»No sé si sabíais que el arte del envenenador es sumamente delicado: si se te va la mano, la víctima vomita la ponzoña; si te quedas corto, solo le provocas un malestar pasajero. Y cada individuo es un mundo, no es lo mismo un gordo que un flaco, un niño que un anciano, uno sano que uno enfermo...

Gaspare Sconforto no disimuló su repugnancia. Así, a bote pronto, su memoria acababa de ganar otro gran momento en la historia de la infamia.

—Os sugiero que antes de prenderlo, deis orden de que registren su casa —prosiguió Galileo—, para incautaros de pruebas, diarios comprometedores y listas con los nombres de sus envenenadores a sueldo. Seguramente estarán en clave. Ostilio Ricci, matemático de la Corte, podrá echaros una mano.

—Así se hará —Gaspare cerró el expediente. Tenía más que suficiente por aquel día—. Devolved a estos dos pájaros de cuenta al calabozo. En celdas separadas. Y a este, custodiadlo en un aposento de la torre.

Galileo mantuvo la mirada en las baldosas del suelo, para evitar los ojos de Caterina. Ni ella ni Valerio pronunciaron media palabra. Su traición estaba más allá de los reproches. Bien sabía Galileo que de no mediar una tonelada de cadenas, Valerio hubiera rematado con gusto la faena del veneno.

La habitación de la torre era una alcoba de las mil y una noches comparada con las mazmorras del sótano. En cuanto atrancaron la puerta y terminaron de jugar con los cerrojos, se estiró sobre un jergón. Estaba demasiado cansado para preocuparse o pensar más. Cerró los ojos y cayó profundamente dormido. Esa noche no le visitó ningún sueño. Su cuerpo tenía suficiente con eliminar los restos del veneno.

Las pesadillas tuvieron que aguardar su turno hasta la mañana del día siguiente. Después de un frugal desayuno, a base de gachas de pan negro migadas en leche, lo condujeron de nuevo frente al magistrado. Allí lo esperaban también Caterina y Valerio. A juzgar por su aspecto, habían pasado muy mala noche.

Cuando Gaspare Sconforto abrió los ojos, centelleaba en ellos una mirada nueva. Enlazó los dedos de las manos sobre la mesa y tomó aire:

—Joven Galileo, intentaré vuestro interrogatorio por segunda vez. Por algún motivo que se me escapa, sospecho que nuestra primera conversación no discurrió por los cauces adecuados.

—Podría ser, señoría. ¿No encontrasteis en casa de Ugolino lo que os prometí?

—El registro excedió mis expectativas. Encontramos datos incriminatorios para empapelar a media Italia. El funcionamiento de la liga se ajustaba al pie de la letra a lo que vos me habíais descrito. Figuraban los nombres de la familia Mercuzio, de Orsino Gonfiori y el conde de Monterone. Y una larga lista de envenenadores a sueldo —Gaspare hizo un pausa para armar su voz de una autoridad gutural—. Lo curioso del caso es que entre semejante empacho de pruebas no asome ni una sola vez el nombre de Valerio Gonfiori ni el de Caterina Scarpaci. El vuestro sí que aparece, por cierto, pero en el lugar equivocado. Figuráis como víctima.

—Os lo puedo confirmar, señoría: fui cumplidamente envenenado.

—Lo lamento. Eso explica vuestro aspecto deplorable, supongo. Os tomé por un despojo humano. Bien, ¿podéis arrojar alguna luz sobre la escandalosa ausencia de pruebas que os inculpen?

Galileo esbozó una sonrisa fatigada.

—Creo que ya estáis preparado para oír la verdad, señoría: somos inocentes.

Gaspare Sconforto afiló su mirada de estilete y se acarició la piel de zorro.

—¿Y por qué no lo dijisteis antes? Las personas inocentes suelen molestarse en dejarlo bien claro desde el principio.

—¿Me hubierais creído ayer, señoría? ¿Hubierais dado alguna credibilidad a las acusaciones contra duques y condes dictadas por un despojo humano? —en lugar de responder, Sconforto se mordisqueó el labio—. Tenía que asegurarme de que efectuabais el registro y reuníais las pruebas. El único modo de que confiarais en las palabras de un rufián era convenceros de que estaba vendiendo a mis compinches a cambio de salvar el pellejo.

Gaspare carraspeó para aliviar una ligera incomodidad.

—No está mal traído, no está mal traído. Sois un joven brillante, Galileo.

Caterina puso los ojos en blanco: «Solo faltaba que alguien lo jalee, señoría», pensó para sus adentros.

—Para terminar... me reconcome una pequeña curiosidad. ¿Por qué os envenenaron? ¿A quién incordiabais vos?

—Incordio a muchas personas, es un efecto secundario de mi carácter. Afortunadamente, la mayoría no puede permitirse un asesinato de lujo como los de Ugolino. Salvo él mismo, claro. Supongo que una vez establecida la liga, no pudo resistir la tentación de aprovecharla para ajustarme las cuentas.

Gaspare revolvió entre sus papeles.

—Lo conocisteis estudiando en el hospital de Santa Chiara...

—Y no hicimos buenas migas, la verdad —añadió Galileo—. Me temo que consideraba que mis burlas amenazaban su tétrica autoridad. Además, no sé por qué, llegó a la conclusión de que yo le había robado el amor de una cocinera del hospital. A la que, si no me equivoco, también envenenó.

—Acabáramos. No hace falta que sigáis.

A Gaspare se le escapó un suspiro.

—Alguacil, soltad a estos tres jóvenes —mientras los liberaban de los grilletes, se rascó la perilla complacido—. Pero tampoco os vayáis demasiado lejos. Volveré a citaros a lo largo de la semana próxima para que me aclaréis algunos puntos.

Dicho esto, Gaspare Sconforto hizo a un lado la torre de informes que se le desmoronaba y bajó del estrado con el ánimo más ligero que en otras ocasiones. A pesar de haber descubierto la existencia de una abyecta liga de envenenadores, aquel caso le había ofrecido la oportunidad de salvar a tres inocentes.

En la puerta de la magistratura, en una de las encrucijadas de la *Piazza delle Sette Vie*, se reunieron los tres amigos. Valerio no tenía claro todavía si debía descuartizar a Galileo o estrecharlo entre sus brazos.

—No me he enterado de nada... —reconoció, mortificado.

Caterina acudió al rescate:

—Nos ha salvado, Valerio. De nuevo, ha sido más listo que todos los demás.

El abrazo del heredero de los Pizzi a punto estuvo de acabar con el maltrecho Galileo:

—¡Ja! ¡Lo sabía!

—Somos libres —sonrió Caterina, rodeando la cintura de Valerio.

Galileo asistió desolado a la maravillosa química que desprendían los dos juntos.

—Yo soy LIBRE, vosotros ya os habéis hecho esclavos...

Ellos se miraron de un modo que celebraba la esclavitud como el mejor invento después de la rueda. Caterina logró sustraerse durante unos segundos a la fascinación que le producía cada átomo de Valerio.

—¿Nos odias? —sobre su alegría planeó una sombra de melancolía.

—Intensamente.

Leyó en los ojos de Galileo el preludio de una despedida.

—¿Qué piensas hacer ahora?

—Se acabó la medicina. Me consagraré al estudio de las matemáticas.

Galileo le ofreció la mano a Valerio y aguantó sin pestañear su apretón demoledor. Ante Caterina titubeó. Bajo la atenta mirada del futuro duque de Pizzi, con miedo de que el corazón saliera disparado y le atravesara el pecho, la besó en la frente. Fue la última vez que aspiró el perfume a clavo y almizcle en las raíces de su pelo.

Ella le acarició la mejilla donde apuntaba una pelusa pelirroja.

—Hagas lo que hagas, Galileo Galilei, llegarás muy lejos.

—Por lo pronto, hasta Florencia. Pisa se me ha quedado pequeña. ¡Necesito nuevos desafíos! Alguien tiene que poner orden en este desquiciado mundo donde nadie razona y todos se tragan la primera patraña que les arrojan a la cara.

Caterina lo contempló como si fuera un caso perdido.

—Nada, nunca, te parecerá lo suficientemente grande. ¿Con qué te contentarías?

—No sé —Galileo le regaló su última sonrisa—. ¿Quizá con el universo?

Dio media vuelta y se alejó sin mirar atrás. En su pecho se fraguaba una extraña aleación de entusiasmo y tristeza. La pena era por Caterina. La euforia procedía de su convicción de que, en medio del caos, el mundo obedecía a leyes seguras y secretas que solo él sabría desentrañar.

APÉNDICE

Pero ¿a quién se le ocurre?

Galileo Galilei

El hombre más inteligente del mundo (al menos allá por el siglo XVI) nació en Pisa en 1564. Su padre era músico y de ahí que Galileo se luciera cada vez que le rascaba la barriga a un laúd.

Sobre su infancia y su primera juventud se saben dos o tres cosillas. En ninguna biografía seria tropezarás con los nombres de Caterina Scarpaci o Valerio Gonfiori. Ningún

libro de historia recuerda ya el episodio de Ugolino y la liga de envenenadores. Lo más mosqueante de todo es que tampoco figure ninguna noticia acerca de un hijo del duque de Mantua llamado Lorenzino, y mucho menos de uno al que le sentara mal un postre de arsénico. Tanto es así que a uno le da por sospechar que toda la aventura no fue sino una invención del autor de este libro.

Se sabe que Galileo no llegó a terminar los estudios de Medicina y que se salió con la suya (¿acaso alguno lo dudaba?) y terminó siendo alumno de Ostilio Ricci. Curiosamente, su primer trabajo fue como profesor de matemáticas en la Universidad de Pisa. A partir de ahí su inteligencia, su gusto por la polémica y su falta de respeto hacia la autoridad de Aristóteles le hizo ganar un prestigio extraordinario. Y también le trajo infinidad de disgustos.

Su talento levantaba admiración. Sus ideas, ampollas.

Como hemos visto, a pesar de tener un pico de oro y verse capaz de vender estufas en el desierto, no destacaba precisamente por sus dotes de diplomático. En uno de sus libros se refería así a quienes no compartían sus opiniones: «Aun con todas las pruebas del mundo, ¿qué esperáis conseguir de personas tan estúpidas que no reconocen sus propias limitaciones?». Y claro, en este plan, había gente que se picaba.

Resulta muy frustrante que alguien más listo que tú te lleve la contraria, se luzca dejándote sin argumentos y encima se pitorree. Así, Galileo fue reuniendo una amplia colección de enemigos. Como no le podían ganar con argumentos, recurrieron al juego sucio.

Galileo era creyente, pero no consideraba que la Biblia fuera un libro de texto de ciencias. Porque de serlo, más parecía escrito por Aristóteles que por el rey David o

Una representación bíblica de la creación de la Luna y el Sol.

un evangelista. Sus enemigos se empeñaron en que si le enmendaba la plana a Aristóteles hacía lo mismo con las Escrituras, una ocurrencia que se conocía con el nombre de herejía y se premiaba con tormentos exquisitos en una mazmorra de la Inquisición o churruscándote los pies al calor de una hoguera.

Después de muchas generaciones en las que la gente sabía prácticamente lo mismo que sus tatarabuelos, en el siglo XVI las ciencias empezaron adelantaron una barbaridad. La Biblia reflejaba el conocimiento de la época en que se divulgó, más de un milenio antes, así que se daba de tortas con los nuevos descubrimientos. Para algunos, aquello probaba que la Biblia no tenía razón en nada, para otros indicaba que simplemente se trataba de un libro de fe, no de un manual de física, y que si San Mateo se hubiera puesto a explicar la ciencia del futuro, nadie hubiera entendido una palabra.

Había religiosos que admiraban el progreso y lo encontraban perfectamente compatible con sus creencias, y quienes pensaban que cuestionar una sola coma de las Sagradas Escrituras pondría en tela de juicio todo lo demás. Uno de los puntos que más escocía la sensibilidad de los conservadores era si el Sol giraba alrededor de la Tierra (la opinión del viejo Aristóteles) o si era la Tierra quien giraba alrededor del Sol (la opinión de un tal Copérnico, también conocida como heliocentrismo).

Galileo apostaba abiertamente por Copérnico y se embarcó en una campaña en su favor. Sus descubrimientos astronómicos encajaban de maravilla en el modelo nuevo. La Iglesia no era muy amiga de las novedades y le dejó caer que aquello no le hacía demasiada gracia. Así que cuando Galileo escribió su gran defensa del heliocentrismo, sabía bien con quién se la estaba jugando.

Portada del
Diálogo sobre
los dos sistemas
máximos del
mundo.

Para el libro eligió un título breve y pegadizo: *Diálogo sobre los dos sistemas máximos del mundo: Tolemaico y Copernicano*. Al hojearlo parece un guión de cine: está lleno de diálogos. En él, tres personajes, Salviati, Simplicio y Sagredo, en lugar de correr aventuras y salvar la Tierra de catástrofes, pasan la tarde discutiendo sobre sus ideas. Salviati comparte el punto de vista de Copérnico (Galileo), Simplicio piensa como un aristotélico poco espabilado, y Sagredo está un poco a verlas venir, aunque termina simpatizando claramente con Salviati. A medida que avanza el diálogo, Salviati lleva la voz cantante y Simplicio interpreta al payaso de las bofetadas. La postura de Copérnico se defiende con brillantez y Aristóteles sale trasquilado. Sin embargo, al final, Salviati termina reconociendo que le ha estado tomando el pelo a los otros dos un poco por diversión y por demostrar sus mañas dialécticas. En el fondo, qué cosas, Aristóteles tenía razón.

El propósito de Galileo era que cualquier persona inteligente quedara cautivada ante las ideas de Salviati, pero que si alguien le acusaba de desafiar a la Iglesia pudiera escudarse en que el libro terminaba apoyando explícitamente a Aristóteles. Muy cuco nuestro amigo, ¿verdad?

Pues no coló.

Sus enemigos supieron jugar sus cartas. El golpe más bajo fue que convencieron al papa de que Simplicio, el panoli de la función, estaba inspirado en él. Y se armó el belén.

Con casi setenta años, ya enfermo, a Galileo le pusieron en la disyuntiva de retractarse o de disfrutar los placeres de la tortura. Terminó cediendo: sí, tenían toda la razón, se había pasado de listo al hacer tan brillante a Salviati, pero que no quedara la menor duda de que Simplicio tenía razón. ¡Que viva Aristóteles!

Salvó el pellejo, pero tuvo que pasarse los ocho años que le quedaban de vida bajo arresto domiciliario.

Muchos dicen que su retractación fue una vergüenza. Probablemente nunca los han amenazado con la tortura cuando se sentían débiles y enfermos, y con setenta años, una edad a la que estas cosas sientan requetemal.

En cualquier caso, a la larga, fueron las ideas de Salviati las que sedujeron al mundo.

Galileo tampoco era infalible. En alguno de sus argumentos en favor del heliocentrismo metió un poco la pata, como al explicar la dinámica de las mareas mediante la rotación de la Tierra.

El año de su muerte, 1642, nació en Inglaterra un niño que le tomaría el relevo en el puesto de hombre más inteligente del planeta: se llamaba Isaac Newton.

El experimento de la Torre Inclinada

Muchos historiadores consideran este experimento —el más famoso de todos los tiempos— como una leyenda y sospechan que Galileo jamás lo llevó a cabo.

Uno de sus principales atractivos consiste en que le lleva la contraria al sentido común y (¡mejor todavía!) a Aristóteles. En tiempos de Galileo, este señor, nacido en Grecia dos mil años antes, era considerado como *el Maestro de cuantos saben*. Ahí es nada. Según las teorías de Aristóteles, si una tarde de lluvia te aburres y decides dejar caer dos objetos desde tu ventana (por ejemplo una pelusa y un camión de la basura), cada uno alcanzará en su caída una velocidad proporcional a su peso. En otras palabras, la pelusa descenderá casi a cámara lenta y el camión, a toda pastilla.

Suena razonable: si sujetas en una mano un cartón de leche lleno y en la otra uno vacío, parece que, de los dos, el que te cuesta más sostener tiene más ganas de estrellarse contra el suelo. Como lo había dicho Aristóteles y parecía de cajón, pues nadie se molestó en comprobarlo. Solo dos caballeros se atrevieron a plantear pegas: Juan Filópono en el siglo VI y (¡un milenio más tarde!) un ingeniero militar, Simon Stevin.

Cuando graniza, la gente corre a ponerse a cubierto y no se fija demasiado en los pedruscos que le caen del cielo, salvo para esquivarlos. Galileo, con su capacidad para ver aquello que se le escapaba a los demás, se dio cuenta de que los fragmentos de granizo grandes caían a la misma velocidad que los pequeños. Algo olía a podrido en las ideas del viejo Aristóteles, ¿verdad? En esas estaba, maravillado ante su perspicacia, cuando un perdigón de hielo le hizo diana en toda la jeta.

Cuenta la leyenda que entonces subió los escalones de la Torre de Pisa de tres en tres, y que dejó caer desde lo alto dos bolas, una de madera de roble y otra de plomo, y que ambas golpearon el suelo al mismo tiempo. Se supone que antes se aseguró de que nadie pasara por debajo. Conclusión: la velocidad de caída de los cuerpos no dependía de su masa.

Esto no es del todo cierto, claro. Galileo afirmaba simplemente que Aristóteles no tenía razón cuando sostenía que la velocidad en la caída fuera proporcional a la masa. Es decir, que si un cuerpo tiene el doble de masa que otro, no cae el doble de rápido. En el caso de las bolas, descienden *casi* a la par. Es fácil comprobar que si uno deja caer una moneda de papel y otra de metal, la de metal toca antes el suelo. Esto se debe a que las monedas no viajan solas: por el camino chocan constantemente contra las moléculas del aire, que no se ven, pero están ahí. ¿Y qué sucede cuando corres a toda velocidad contra una multitud? Que los golpes te van frenando. Y no te frenan igual si corres que si caminas, si avanzas de perfil o con los brazos extendidos, si eres de plomo que si eres de papel charol...

La audaz imaginación de Galileo vislumbró que en ausencia de aire, entonces sí, todos los cuerpos caerían a la vez. Ocho años después de su muerte, en 1650, se perfeccionó el invento que terminaría dándole la razón: la bomba de vacío. Este cacharro extrae aire, de un tubo, por ejemplo, hasta que los choques de sus moléculas dejan de frenar perceptiblemente el movimiento de los cuerpos que caen en su interior. A los nobles del siglo XVIII les encantaba asistir a la carrera entre una pluma de ave y una moneda, dentro de una cámara de vacío. Siempre terminaban en tablas.

Sin embargo el *remake* con más presupuesto de este célebre experimento lo protagonizó en la Luna un astronauta (¿quién si no?): el comandante David Scott en el verano de 1971. Dejó caer un martillo geológico de aluminio que pesaba más de un kilo y una pluma de halcón que no llegaba a los 50 gramos. Tuvo algún problemilla porque la electricidad estática hacía que la pluma se le pegara al guante. Pero por suerte (porque había una cámara de televisión grabando), al final la pluma y el martillo se portaron como es debido. Puedes ver el resultado en la web de la NASA.

Por último, una demostración dramática de hasta qué punto puede afectar el rozamiento del aire a la caída de los cuerpos. ¿Qué sucede si te arrojan desde la panza de un avión que vuela a diez kilómetros de altitud? La velocidad de la caída te provocaría un ligero dolor de cabeza. Sobre todo en el momento de besar el suelo. ¿Te iría peor si encima incrementaran tu peso? Pues depende, si el aumento se debe a un paracaídas, un artilugio experto en recibir impactos de las moléculas del aire para frenarte, incluso es posible que vivieras para contarlo.

El anteojo

Durante su estancia en Venecia, llegó a oídos de Galileo el descubrimiento de un nuevo instrumento óptico: el anteojo. El chisme era la monda, porque te permitía cotillear impunemente a los vecinos sin moverte del sofá de casa. Galileo se quedó tieso al oír la noticia y trató por todos los medios de reproducir el invento, perfeccionarlo y... vendérselo al senado de la República de Venecia como si fuera una ocurrencia suya. Total, solo lo fabricaban en los Países Bajos, que pillaban bastante lejos, y allí se vendía en las ferias como si fuera un juguete. La verdad es que triunfó, el dux y el resto de las autoridades venecianas alucinaron con el telescopio (¡parecía que los barcos del puerto iban a entrar por la ventana!) y le recompensaron pagándole una fortuna.

Una jugada redonda. Y también un poco sucia... El primer telescopio que construyó Galileo proporcionaba nueve aumentos. Sudó un poco en el taller y logró sesenta. Tampoco quedó contento. No paró hasta plantarse en mil aumentos. Armado con su supertelescopio, hizo lo que no se le había ocurrido a nadie hasta entonces. En lugar de estudiar las pecas del vecino, que las tenía ya muy vistas, demostró miras más altas, levantó un poco el telescopio y lo enfocó hacia el cielo.

A partir de ese momento, ¿qué más daba quién lo hubiera inventado? Galileo había sido el único en reconocer sus extraordinarias posibilidades. Había cogido un juguete para cotillas y lo había transformado en el arma que vencería una revolución científica. Después de lo que vio a través de sus lentes, el mundo jamás volvería a ser el mismo.

Galileo mostrando su telescopio, litografía del siglo XIX.

El verdadero rostro de la Luna

Esta es la historia de una decepción mayúscula. Éranse una vez los aristotélicos, que vivían felices y comían perdices con un modelo astronómico que parecía una chulada. La Tierra era el ombligo del universo. El Sol, la Luna, los planetas y un porrón de estrellas giraban a su alrededor, diciendo *hola* y *adiós*, noche y día, para reaparecer puntualmente a la mañana siguiente. Todos los defectos e imperfecciones se habían barrido debajo de una gigantesca alfombra: la esfera sublunar. En otras palabras, de la Luna para abajo se guardaban las grandes chapuzas de la naturaleza, entre ellas, la mayor de todas: el hombre. Se habían confeccionado todas con fuego, tierra, aire y agua, y les chiflaba moverse en línea recta. En la esfera sublunar se hacía difícil la constancia: los gusanos nacían del barro espontáneamente, la carne se pudría, a la gente se le caía el pelo, le salían arrugas y finalmente desaparecía del mapa.

De la Luna para arriba el panorama cambiaba: allí todas las cosas se habían fabricado con una sustancia maravillosa, la *quintaesencia*.

Nada nuevo surgía ni decaía y sus habitantes —planetas, estrellas y cometas— seguían trayectorias circulares. Los cuerpos celestes no necesitaban cremas antiarrugas: podían presumir de una piel lisa como el culo de un bebé.

Pero entonces se desató la tragedia. Un tal Galileo Galilei cogió el juguete de los artesanos neerlandeses, el dichoso telescopio, y no tuvo mejor ocurrencia que apuntarlo al cielo. Y esto es lo que descubrió:

— Que la piel de la Luna era lo más parecido a la frente de un adolescente con acné. Sus cráteres y montañas no tenían nada que envidiarle a la su-perficie de la Tierra.

— Que Júpiter tenía satélites que no giraban alrede-dor del ombligo terrestre.

— Que había miles de estrellas que no se apreciaban a simple vista.

— Que Saturno tenía orejas de soplillo (más tarde Christiaan Huygens, con un telescopio mejor, distinguió que eran anillos).

— Que Venus y Marte presentaban fases como la Luna, una evidencia de que giraban alrededor del Sol.

Conclusión de los partidarios del geocentrismo: el telescopio mentía más que aumentaba. El sentido común bastaba para darse cuenta. ¿Para qué se iba a molestar Dios en crear millones de estrellas que no se distinguían a simple vista? Menos mal. Todo se había quedado en un susto.

Los aristotélicos no se daban cuenta de que eran dinosaurios. Y de que los descubrimientos de Galileo encarnaban el meteorito cuyo impacto los condenaría a la extinción.

El tiempo en sus manos

Parece claro que a Galileo le chiflaba esto de tirar cosas y luego ver qué pasaba con ellas. El experimento de la Torre le había sabido a poco. Ahora quería recrearse a fondo en la caída de los cuerpos, determinar cuál era su velocidad y el espacio que recorrían en cada instante.

Por ejemplo, imagina que se te cae la gameboy desde lo alto de un rascacielos. ¿A qué distancia se encontrará después de un segundo? ¿Y después de segundo y medio? ¿En qué momento sus preciosos chips acariciarán el suelo?

Las respuestas: «pronto», «en un periquete», «antes que te dé tiempo a decir Constantinopla», resultan penosas. Galileo quería ponerle números al batacazo. Y a la naturaleza. Su principal problema procedía de la medición del tiempo. Ahora cualquiera puede hacerse con un cronómetro digital, un vídeo con cámara lenta, una pelota de pimpón y lucirse con el experimento. Pero la tecnología punta del siglo XVI lo más que te ofrecía eran relojes de arena o de sol. Y amigo, prueba a contarte el pulso con ellos.

Así que Galileo tomaba una bola, la dejaba caer y... ¿cómo iba a medir su posición y su velocidad conforme pasaban las décimas de segundo, si en lo que pestañeaba ya le había aplastado el pie? Pues, como siempre, siendo el más listo de la clase...

Para empezar se montó su propia cámara lenta: un plano inclinado. Si colocaba la bola en lo alto de un carril, de modo que rodara a lo largo de una diagonal hasta el suelo, podía controlar su velocidad. Con el carril en vertical, recuperaba el caso de la caída libre: según disminuía su inclinación, frenaba la velocidad de descenso. En el caso extremo de apoyarlo en horizontal sobre el suelo, la bola quedaba quieta.

Con todo, persistía el problema de medir los tiempos. Aquí los historiadores no se ponen de acuerdo.

Hay quien dice que utilizaba un reloj de agua sofisticado: a la vez que soltaba la bola, abría el grifo de un depósito y el líquido fluía a través de un tubito hasta un pequeño recipiente. En cuanto la bola cruzaba la meta, cortaba el grifo. Pesando el agua acumulada podía comparar tiempos. Galileo presumía de que con este reloj-grifo alcanzaba a medir las décimas de segundo. Muchos investigadores modernos se tomaron sus afirmaciones a pitorreo, hasta que en la década de los sesenta del siglo pasado un joven estadounidense reprodujo el experimento en su piso de estudiante y logró esa misma precisión.

Existe otra versión más bonita de este experimento, que reúne tres de las grandes obsesiones de Galileo: la música, la física y las matemáticas. La propuso un investigador después de descifrar la letruja de uno de sus cuadernos de laboratorio, rellenando los huecos con algo de imaginación. Ya hemos visto que Galileo era un virtuoso del laúd. Dispuso a lo largo de un carril varias cuerdas de guitarra, perpendiculares a la trayectoria de la bola, de modo que esta, al pasar, las iba rozando con la coronilla y las hacía sonar: *pong, pong, pong.*

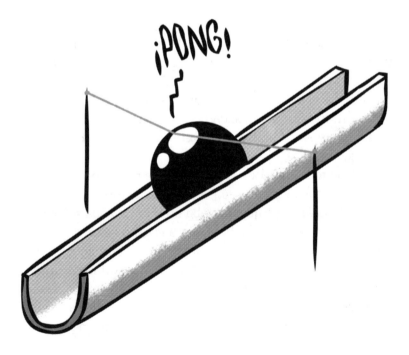

Primero colocó las cuerdas a intervalos iguales. A medida que rodaba cuesta abajo, la bola ganaba velocidad, y por tanto los *pongs* se sucedían cada vez más deprisa. Entonces aumentó la distancia entre cada cuerda y la siguiente, de modo que se igualaran todos los tiempos transcurridos entre *pongs*. ¿Cómo los cronometraba para saber que eran idénticos? Pues se ponía a tocar el laúd a un ritmo endiablado. Un intérprete diestro es capaz de sostener un tempo *prestissimo*, de más de 200 notas por minuto (improvisando un reloj musical con intervalos inferiores a un tercio de segundo). Cuando logró ajustar las cuerdas sobre el carril de manera que sus vibraciones encajasen puntualmente en la cadencia de la melodía, midió su separación. ¿Qué se encontró? Que las distancias entre cuerdas consecutivas crecía siguiendo la serie: 1, 3, 5, 7...

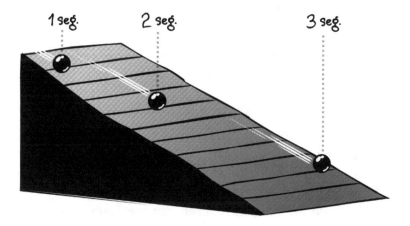

Hoy en día lo expresaríamos con una bonita fórmula:

$$s = \frac{1}{2} a t^2$$

Donde *s* es el espacio que se recorre, *t*, el tiempo que transcurre durante la caída y *a*, la aceleración de la bola. Si echamos un vistazo a la rampa cada segundo, tendremos:

$$s_0 = 0 \qquad\qquad s_3 = \frac{9}{2}a$$
$$s_1 = \frac{1}{2}a \qquad\qquad s_4 = 8a$$
$$s_2 = 2a$$

Para averiguar cuál es la distancia recorrida cada vez que pasa un segundo:

$$s_1 - s_0 = \frac{a}{2} \qquad\qquad s_3 - s_2 = 5 \cdot \frac{a}{2}$$
$$s_2 - s_1 = 3 \cdot \frac{a}{2} \qquad\qquad s_4 - s_3 = 7 \cdot \frac{a}{2}$$

Y comprobamos que efectivamente esa distancia crece de acuerdo con la serie 1, 3, 5, 7...

Con la expresión $s = \frac{1}{2}at^2$ Galileo ya podía contar con pelos y señales las andanzas de los cuerpos que caen, y no limitarse a responder: «va muy deprisa», «ahora un poquito más», «uy, ahora sí que corre que se las pela»... Podía afirmar con seguridad: «ahora va el doble de rápido», «dentro de dos segundos se encontrará aquí», «dentro de tres, allí»... Había logrado ponerle números a la naturaleza. Y sin cronómetros digitales.

Con todo, sus resultados no eran precisos, entre otras cosas porque no tuvo en cuenta el rozamiento de la bola contra el carril, ni el giro de la bola alrededor de su eje.

Los mensajes cifrados

Cada vez que enciendes el ordenador o surfeas por Internet, un ejército de secretos mensajeros se pone a tu servicio, para garantizar que ningún extraño meta la nariz en tus asuntos. La idea de disfrazar las palabras para proteger la información no es nueva. La encriptación es un arte casi tan viejo como el de los envenenadores.

El truco siempre es el mismo: alborotar las letras de un texto hasta volverlo irreconocible. Siguiendo, eso sí, un método que luego nos permita deshacer el desaguisado y recuperar el mensaje original. Así, este se paseará como un enigma indescifrable delante de todo el mundo, excepto para aquellos que compartan la clave.

Las reglas básicas del juego se reducen a modificar el orden de las letras (método de transposición) o reemplazarlas por otras u otros símbolos que las representen (método de sustitución). Los más desconfiados no se cansan de combinar ambos métodos.

El villano de nuestra función, Ugolino, recurrió a una receta clásica de transposición a la hora de elaborar sus siniestros mensajes. Echemos un vistazo al repugnante cuaderno donde recogía las instrucciones que daba a los envenenadores de su liga:

Instrucciones para cifrar

MENSAJE QUE QUEREMOS CODIFICAR:

Oro. Giovanni Gonfiori. Capricornio.

Como puede verse abajo, en la ilustración, se acomo-
dan las letras del mensaje en una matriz de siete columnas
y tantas filas como haga falta, siguiéndose, al transponer las
letras, el orden señalado por la flecha.

O	R	O	G	I	O	V
N	O	G	I	N	N	A
F	I	O	R	I	C	A
N	R	O	C	I	R	P
I	O					

Después, para crear el texto en clave, se lee la matriz
siguiendo el sentido de una segunda flecha:

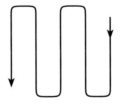

Vaaprcnoiniicrigogooorioronfni

Por último, se rompe la secuencia cada cinco letras,
para formar palabras que anotaremos en mayúscula:

Vaapr **C**noin **I**icri **G**ogoo **O**rior **O**nfni

Instrucciones para descifrar

PARTIMOS DEL MENSAJE EN CLAVE:

Vaapr Cnoin Iicri Gogoo Orior Onfni

Contamos el número de letras (30). Lo dividimos entre el número de columnas de la matriz codificadora:

$$\frac{30\lfloor 7}{2\ 4}$$

Con estos datos, construiremos la matriz decodificadora. El cociente (4) nos indica el número de filas completas que tendrá; el resto (2), el número de casillas que quedarán sueltas.

Si el cociente es par situaremos esas dos casillas, juntas, debajo de la última fila, alineadas a la derecha. Si el cociente es impar, alineadas a la izquierda.

En nuestro caso:

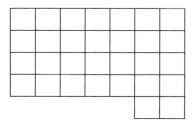

Se escribe el mensaje siguiendo el orden de la flecha:

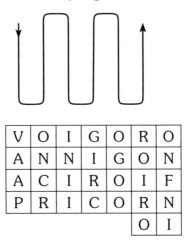

V	O	I	G	O	R	O
A	N	N	I	G	O	N
A	C	I	R	O	I	F
P	R	I	C	O	R	N
					O	I

Y se lee respetando el sentido de la flecha:

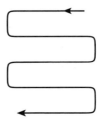

Si te fijas, la matriz codificadora y la decodificadora son imágenes especulares. Es decir, cada una sería la imagen de la otra en un espejo. Lo mismo sucede con las flechas de lectura y escritura.

Galileo no podía saber que la matriz de Ugolino tenía exactamente siete columnas, pero, sospechando el sistema de cifrado, fue probando por tanteo con matrices de seis columnas, de ocho, de cinco... hasta obtener un texto con sentido.

Entre los astrónomos del siglo XVII se puso de moda una curiosa costumbre: anunciar sus descubrimientos mediante frases en clave, que insertaban en sus cartas a colegas de prestigio. Utilizaban anagramas. Los anagramas son transposiciones muy particulares: el nuevo orden de las letras también debe tener sentido. Por ejemplo, puedes reordenar las letras de *Laponia* para componer otra palabra: *pianola*. Cuando todavía no estaban seguros de un descubrimiento, calzaban el anagrama en un mensaje, a la espera de que se confirmara mediante investigaciones posteriores. Si se llevaban un chasco, nadie se enteraba. Si por el contrario se verificaba, y alguien reclamaba la idea como suya, resolvían el anagrama para demostrar que a ellos se les había ocurrido antes.

En septiembre de 1610, Galileo le envió al astrónomo y matemático Johannes Kepler (1571-1630) una carta donde se leía:

Haec immatura a me iam frustra leguntur o. y.

Que en latín, el lenguaje científico de la época, quería decir: «Leo en vano estas cosas, todavía inmaduras».

Si le pedimos a las letras que cambien sus posiciones y que posen de nuevo para la foto, obtenemos:

Cynthiae figuras aemulatur mater amorum

Es decir: «La madre de Amor imita las figuras de Cinthia». La madre de Amor era Venus y *Cintia*, un epíteto para referirse a la diosa de la Luna, que había nacido en el monte Cinto. O sea: «Venus imita las figuras de la Luna». Una forma poética de señalar que el planeta presentaba fases, como nuestro satélite.

En esto de jugar con el orden y transformar unos símbolos en otros, los matemáticos siempre fueron los amos. Basta con asignar un número a cada letra y empezar a operar con ellos. Tenemos a nuestra disposición decenas de operaciones reversibles donde elegir. Si a un número le sumas otro, lo transformas. Puedes deshacer el camino andado con una resta. Pero si desconoces el número a restar, serás incapaz de recuperar la cifra de partida. Cuentas además con multiplicaciones y divisiones, potencias y raíces...

Y artilugios infinitamente más sofisticados que transforman los mensajes de tu correo electrónico en escuadrones de números, los desfiguran mediante juegos de operaciones (llamadas algoritmos), y así navegan, de incógnito por el ciberespacio, desafiando las miradas cotillas, hasta que llegan sanas y salvas a la bandeja de entrada de un amigo. Allí los números cruzan de nuevo el espejo de los algoritmos y recuperan su aspecto original.

En el mismo corazón de uno de los sistemas de encriptación más populares, el sistema RSA, late un problema que quizás te suene: descomponer un número cualquiera en factores primos. Seguro que te ha tocado hacerlo alguna vez en clase de matemáticas, para simplificar fracciones. Como en el caso $105 = 7 \cdot 3 \cdot 5$. Si eres capaz de hallar en un tiempo razonable (menos de un millón de años, por ejemplo) los factores primos de un número con más de trescientas cifras, podrás burlar la seguridad de tu navegador o de los bancos que operan por Internet.

Repetir el experimento de la Torre Inclinada

No te preocupes, no te hace falta un billete de avión a Pisa ni que corras al chino de la esquina a comprarte un *kit Galileo,* con su bola de plomo y otra de madera de roble. Tampoco es preciso que llames a la NASA, a ver si te cuelan en un viajecito a la Luna de esos que ya no hacen.

A falta de torre, reproduciremos el experimento en tu propia casa, con una moneda de un euro y un pequeño disco de papel.

El disco debe tener un diámetro algo menor que el euro. Para ello, puedes dibujar con un lápiz el contorno de una moneda de dos céntimos sobre una hoja y después recortarlo.

Ahora imagina que estás en lo alto de la Torre Inclinada. Recupera un poco el aliento, porque has tenido que subir 296 escalones para llegar hasta arriba (no, no hay ascensor). ¿Listo?

Adopta el aire despierto y algo presuntuoso de Galileo, sujeta la moneda en una mano y el disco, en la otra. Aguanta la respiración y... déjalos caer al mismo tiempo desde la misma altura.

¿Cuál de los dos toca primero el suelo? Su movimiento de caída es igual?

Puedes repetir el experimento varias veces, cambiando la moneda y el disco de mano, para asegurarte de que el primer resultado no fue fruto de la casualidad.

Ahora, vamos a eliminar el efecto de la resistencia del aire sobre el papel: apoya el discol sobre la moneda de un euro y déjalos caer.

Si quieres que el euro no se te vuelque en pleno vuelo tendrás que imprimirle un pequeño giro de rueda. ¿Qué sucede?

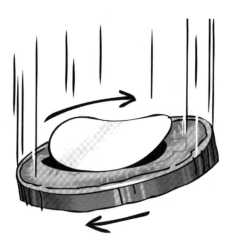

Mm... Podrías sospechar que hay gato encerrado.

¿Y si las corrientes de aire hacen, de algún modo, que el disco de papel se pegue a la moneda?

Muy bien. Vuelve a apoyar el disco sobre la moneda. Ahora sujeta el euro por el canto y, con cuidado de no rozar el papel, baja la moneda muy deprisa, en vertical. Verás que la deja atrás y no se pega.

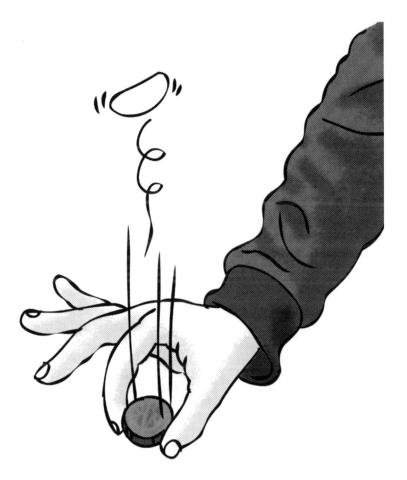

Conclusión: cuando el rozamiento del aire no afecta, al disco de papel, este no cae más despacio que la moneda.

Otro modo de desemascarar la presencia, invisible, del aire consiste en coger una cuartilla de papel y dejarla caer. Prueba a repetir la experiencia después de arrugarla y formar con ella una pelotita compacta.

¿Cae ahora más rápido?

Arrugada o no, la masa de la cuartilla sigue siendo la misma. Lo único que hemos cambiado ha sido su forma. Plegado, el papel reduce la superficie que enfrenta al aire. Por eso, contra la pelota chocan menos moléculas que contra la cuartilla extendida, y así se frena menos. No deja de resultar sorprendente que dos cuerpos con masas muy distintas, como un astronauta y la Luna, se vean atraídos por la Tierra con la misma intensidad. Tuvieron que transcurrir varios siglos antes de que alguien lograra desentrañar el misterio. Alguien que ingresó automáticamente en la liga de las personas más inteligentes de todos los tiempos: Albert Einstein. La historia de cómo lo consiguió no cabe ya en este libro y tendremos que esperar a otro para contarla.